中公文庫

任侠シネマ

今野　敏

JN004025

中央公論新社

目次

主な登場人物

阿岐本《あきもと》雄蔵《ゆうぞう》……阿岐本組組長。赤ら顔でスキンヘッド。昔気質のヤクザの組長。
日村《ひむら》誠司《せいじ》……阿岐本組代貸《だいがし》（組で二番目に偉い）。苦労性。
三橋《みつはし》健一《けんいち》……阿岐本組組員。喧嘩がめっぽう強い。稔ら若い衆を仕切る。
二之宮《にのみや》稔《みのる》 ……阿岐本組組員。元暴走族。
市村《いちむら》徹《とおる》 ……阿岐本組組員。元ハッカー。愛称は「テツ」。
志村《しむら》真吉《しんきち》……阿岐本組組員。一番下っ端。女をたらし込んで情報を得ることに長ける。
永神《ながかみ》健太郎《けんたろう》……阿岐本の五厘下がりの兄弟分。
増原《ますはら》俊樹《としき》……「千住シネマ」を経営する「千住興業」の代表取締役。
犬塚《いぬづか》昭吉《しょうきち》 ……「千住興業」の常務取締役。
船渡川《ふなとがわ》啓太郎《けいたろう》…「千住シネマ・ファンの会」会長。
坂本《さかもと》香苗《かなえ》……阿岐本組に出入りする近所の女子高生。
甘糟《あまかす》達男《たつお》……組織犯罪対策係（通称「マル暴」）の巡査部長。
仙川《せんかわ》修造《しゅうぞう》 ……組織犯罪対策係、新任の係長。

任侠シネマ

1

「永神《ながかみ》のオジキからです」

電話を受けた三橋健一《みつはしけんいち》が言った。日村誠司《ひむらせいじ》は尋ねた。

「オヤジにか？」

「いえ、代貸《だいがし》に、ということです」

「俺に……？」

日村は、いつもながらちょっと嫌な予感がした。

「お電話代わりました」

電話の向こうで、永神が言った。

「おう、誠司か」

「ご無沙汰しております」

永神は、組長である阿岐本雄蔵《あきもとゆうぞう》の弟分に当たる。このご時世、ヤクザのシノギもきついが、永神は赤坂に事務所を構えて、なかなか羽振りがいい。

表にはまっとうな会社の看板を出している。フロント企業とか企業舎弟とか言われる会社だ。

会社を設立した当初は隠《かく》れ蓑《みの》のようなものだったが、今ではすっかりそちらの顔がメインになっているようだ。

「おう、変わりないか？」

「はい。おかげさまで」

「最近、アニキは忙しいのか？」

「特にでかいシノギを抱えているということはありませんが……」

「そうかい。ちょっとアニキに話があってな……」

「はあ……」

それなら、直接訪ねて来ればいいものを……。永神はいつもアポなしでやってくる。今回に限って事前に連絡してくるのは、何か訳があるのだろうか。日村は訝《いぶか》った。

「なあ、誠司。おまえ、俺のことを疫病神《やくびょうがみ》みてえに思ってねえか？」

「は……？」

不意をつかれ、日村は言葉に詰まった。

「俺がアニキに何か相談すると、結局おめえが苦労することになる」

まさにそのとおりだが、オジキに対して口が裂けても「そうだ」とは言えない。

「いえ、そんなことはありません。オヤジの言いつけを守るのが、自分の仕事ですから」

「俺がアニキに相談を持ちかけても、おめえに文句はねえってことだな？」

「文句だなんて、滅相もないです」

「じゃあ、さっそくアニキと話がしてえんだがな……」

結局、そういうことになるのだ。

永神が日村に電話をしてきたのは、いわば免罪符のようなものだ。永神は「文句はない」という日村の言質《げんち》を取ったというわけだ。

さすがは永神のオジキだと日村は思った。いかにもヤクザらしいやり方だ。

「いつがよろしいでしょう」

「早いほうがいい。今日の夕方はどうだ？」

「問題ないと思います」

「じゃあ、五時頃訪ねて行く。アニキにそう伝えてくれ」

「承知しました」

電話が切れると、日村は事務所の奥の組長室に向かった。ノックをすると、阿岐本の声が聞こえた。

「入《へえ》んな」

「失礼します」

日村が入室すると、阿岐本は大きな両袖机の向こうにいた。

その脇には大きな神棚がある。机の前に応接セットがある。革張りのソファは阿岐本のこだわりだ。

「どうした？」

阿岐本に訊かれ、日村はこたえた。

「今、永神のオジキから電話がありまして、今日の午後五時頃に、こちらを訪ねたいと……」

「永神が何の話だろうな……」

阿岐本はちょっと迷惑そうに眉間にしわを刻んだが、これは演技だろうと日村は思った。

おそらくオヤジは、またオジキが何か面白い話を持ってくるのではないかと期待しているに違いない。そう考えたのだ。

「電話では、何もおっしゃっていませんでした」

「五時か……。夕飯時だな。鮨《すし》でも取るか。『矢七《やしち》寿司』に出前を頼んでくれ。おまえたちの分もな」

「すいません。ごちそうになります」

日村は頭を下げて退出しようとした。

「あ、誠司」

呼び止められて振り向いた。

「はい」

「永神が来たら、おまえも同席してくれ」

「承知しました」

組長室を出ると、日村は健一に鮨の出前を注文するように命じた。健一は若い衆の中では一番年上だ。

とにかく喧嘩が強く、地元の不良どもは「三橋」の名前を聞くと尻尾を巻いて逃げ出したという。今ではすっかり角が取れて、若い衆のリーダー的な存在だ。

だからつい、日村も健一を頼りにしてしまう。

事務所には若い衆が顔をそろえていた。

パソコンの前に座っているのは、市村徹《いちむらとおる》、通称テツだ。彼はパソコンオタクで、その筋ではハッカーとか言うらしい。

ジャージを着て丸刈りに分厚い眼鏡。どう見ても組員に見えないが、これでなかなか頼りになる。彼がパソコンを使うと、まるで魔法ではないかと思うほど、何でもできてしまう。少なくとも、日村にはそう感じられる。

二之宮稔《にのみやみのる》は暴走族だった。中学・高校と好き放題やって、暴走族が解散してからふらふらしているところを、阿岐本に拾われたのだ。

組にやってきてからもしばらくは、日村が手を焼くほどの乱暴者だった。とにかく、毎日のように喧嘩をしていた。それがあるとき、急におとなしくなった。

理由は日村も知らないが、おそらく健一が絡んでいるのだと思う。健一には絶対服従なのだ。暴走族時代の腕を活かして、阿岐本の車の運転をすることが多い。

志村真吉《しむらしんきち》は、優男《やさおとこ》だ。あまり喧嘩の役には立たないが、不思議なことに滅法女にもてるのだ。生まれついての女たらしだ。

見かけはいたって普通だ。特におしゃれをするわけでもない。なのに、幼女はなつくし、老婆もいっしょにいるとはしゃぐ。とにかく、女という女が真吉になびく。そんな気さえするのだ。

日村にしてみれば、テツのパソコンと同様に、これも魔法としか思えない。

その四人もうれしそうな顔をしている。回っていない鮨など、滅多に食えないのだ。

健一がさっそく電話をする。彼のことだから、オヤジと客には特上を、そして、日村以下組員たちには、並を人数より少し多めに注文するはずだ。そういう気配りも、健一に任せておけば間違いない。

健一が表情を曇らせて電話を切ったのに気づいて、日村は尋ねた。

「どうした？」

健一が、困惑の表情でこたえる。

「『矢七寿司』なんですが……。今日は出前ができないと言うんです」

「そいつは妙だな。これまで何度も注文して、断られたことなんてなかったんだが……」

「他の鮨屋に当たってみましょうか」

「いや、『矢七寿司』の大将とオヤジは長い付き合いだ。オヤジはできればあそこの鮨を食いたいと思っているだろう」

「でも、出前ができないんじゃ……」

「電話に出たのは誰だ？」

「二代目です」

『矢七寿司』の大将は、すでに七十歳を超えている。四十代前半の息子が二代目として店に出ているが、店を切り盛りしているのは大将のはずだ。

「もしかしたら、大将に何かあったのかもしれないな……」

「病気とか……」

日村は、稔たち若い衆に尋ねた。

「おまえら、何か聞いていないか？」

近所の噂は、自然と組員たちの耳に入ってくる。情報がシノギにつながることもあるのだ。

三人は首を横に振った。

日村はしばらく考えてから言った。

「ちょっと行って様子を見てこようか……。電話でだめでも、直接頼めばなんとかなる場合もある」

ヤクザは諦めが悪い。どんなときでもしつこく食い下がる。それで素人が根負けするのだ。暴力だけがヤクザの怖さではないのだ。

健一が言った。

「自分が行ってきますよ」

「いや、いい。俺が行く」

「じゃあ、お供します」

「誰もついてくるな。俺たちみたいのが、徒党を組んで歩いているだけで、素人衆には迷惑がかかる」

「たった二人なのに徒党を組むことになるんですか？」

「言葉のアヤだよ。うるせえな。とにかく、俺一人で行く」

日村は事務所を出た。


『矢七寿司』は、駅から歩いて五、六分の住宅街の中にある。大将がここに店を開いてもう四十年近くになるそうだ。日村が生まれる前からやっているということだ。

店には「準備中」の札がかかっている。昼食の時間に一度店を開け、いったん店を閉めて夕方にまた開けるのだ。今は休憩と仕込みの時間だろう。

日村は引き戸を開けた。

カウンターの中に二代目がいた。日村を見てから眼をそらした。包丁を手に、夜のための仕込みをやっている。

「準備中だよ」

二代目はぶっきらぼうに言う。

「すいません。先ほど、うちの若いモンが電話したんですが……」

「出前はできないんですよ」

「何かあったんじゃないかと思って、様子を見にうかがったのです」

二代目は驚いたように日村を見た。

「何かあった……？」

「これまで、出前を断られたことなんてなかったので……」

　また眼をそらす。

「そうでしたっけ……」

　何だか、取り付く島もない雰囲気だ。別に日村と二代目は仲が悪いわけではない。道で会えば挨拶をする程度には親しいと思っていた。

　何か気に障るようなことをしただろうか。

　日村は考えた。思い当たる節はない。

　まあ、ヤクザが素人から嫌われるのは珍しいことではない。これが普通の反応なのかもしれない。

　そんなことを思いながら、日村は尋ねた。

「あの……、大将は？」

「奥で休んでいるけど、何か？」

「ご病気とか、そういうことじゃないんですね」

「元気ですよ」

「そうですか……」

　改めて鮨の出前を頼もうと思ったが、どうもそんな雰囲気ではなかった。そろそろ引き時かなと思っていると、奥から声が聞こえた。

「おい、お客さんかい？」

奥から大将が店先にやってきた。

「なんだ、代貸じゃねえか」

日村は頭を下げた。

「お休みのところ、すいません」

「……で？　何か用かい？」

「ちょっと様子を見にうかがったんです」

「様子を見に？　何でまた……」

「鮨の出前をお願いしたんですが、できないとおっしゃるので、何かあったのかと思いまして……」

「出前ができねえ……？」

大将は驚いたように言って、二代目の顔を見た。二代目は、苦い表情で手もとを見つめ、仕込みの作業を続けている。

「はい」

日村は言った。「先ほど、電話でお願いしたんですが……」

大将は二代目の顔を見て言った。

「おい、どういうことなんだ？」

二代目は作業を続けながらこたえる。

「忙しくてね……」

「忙しいだ？　そりゃどういう了見だ。お客さんがいるから忙しいんだろう。そして、出前を注文してくださるのは、お客さんだろう。それを断って、忙しいってのはどういう言い草だ」

「いいから、そういうことには口出ししないでくれよ」

「ふざけるな。俺の店のことに、俺に口出しするなってのか」

　二代目は包丁を置いた。そして、大将の顔を見た。

「オヤジだって知ってるだろう」

「何の話だ？」

「暴力団排除条例だよ」

「何だと……」

「暴力団とは契約を結んじゃいけないんだ。いいかい。出前の注文を受けるってことは、契約したってことになるんだ。そうなると、俺たちも条例違反ってことになるんだよ」

　またこれだ。

　日村は心の中で溜め息をついた。自分たちが反社会的な存在であることは自覚している。だからといって、昨今の警察のやり方はどうかと思う。

　この国に俺たちの居場所はないということなのだろうか。

　二代目の話を聞いて、大将の顔が怒りで赤く染まった。

「何の条例か知らねえが、阿岐本の親分は俺が店を出した当初から何かと助けてくれたんだ。いつもひいきにしてくれる。その注文を断ったとあっちゃ、『矢七寿司』の名がすたるんだよ」

「俺だって今さらこんなことは言いたくないんだよ」

「じゃあ、何だって急にそんなことを言いだしたんだ?」

「警察の指導が入ったんだよ。所轄のマル暴だ」

「マル暴だと……。知ったことか。警官なんざ、言いたいこと言って、何年かすりゃ異動になっちまうんだ。俺たちは、この町で生まれ、この町で生活し、この町で死んでいくんだ。警察がそんな俺たちの人生の責任取ってくれんのか?」

「そんなこと言ったって、営業停止とか食らうの嫌だろう?」

「あの……」

日村は言った。「事業者と暴力団の契約については、日用品の売買のような、普段相手の身分を確認しないような契約なら、相手が暴力団かどうか確認しなくていい、ということになっていますが……」

二代目が言った。

「確認しなくたって、あんたらが暴力団だってことは明らかでしょう」

「事業の契約で、相手が暴力団とわかったときに、すぐに解除できるような特約を盛り込むようにと、条例では言っていますが、これはあくまで強制ではなくて、努力義務規定です。

ですから、刑事罰はありません。もし、万が一何かあったとしても、勧告・公表といった行政措置しかないはずです」

「こっちは客商売なんだよ。風評が商売に大きく影響するんだ。勧告や公表なんてされたら、客足が遠のくじゃないか」

「もういい」

大将が言った。「俺はよ、たかが鮨屋だ。だがな、鮨屋としてのプライドってもんがある。うちの鮨を食いたいというお客さんを断るなんざ、もっての他だ。俺は間違ったこと言ってるかい？　条例だ？　上等じゃねえか。俺が言ってることが条例違反だの法律違反になるんだったら、どうぞ捕まえてくださいってんだ」

二代目は何も言わず、大将を見つめている。

日村は言った。

「いや、ご迷惑をおかけするわけにはいきません。警察から指導があったとおっしゃるのなら、それは仕方のないことだと思います」

大将が言う。

「日村さん。こうなりゃ、こっちも意地だよ。あんたが嫌だって言っても、鮨を届けさせてもらうよ。さあ、何人前だ？」

「あ……。特上を二人前に、並を七人前で……」

「時間は？」

「五時過ぎにお願いします」

「あいよ」

大将は二代目を見た。「俺が握るからな。嫌ならおまえは手を出すな」

二代目が言った。

「いいんだね？」

「主人の俺がいいって言ってんだよ。つべこべ言うな」

「わかった」

二代目が言った。「俺だって警察の指導に納得していたわけじゃないんだ。けど、警察の言うことには逆らえないじゃないか」

大将が日村に言った。

「……てえ訳だ。安心してくんな」

日村は深々と頭を下げた。ヤクザには逆風が吹く世の中だけに、こういう言葉がことさらに心にしみる。

「ありがとうございます。では、よろしくお願いします」

「ああ、任しときな」

日村は、もう一度礼をして『矢七寿司』を出た。

店を離れると歩道の端に寄り、携帯電話を取り出してかけた。

「はい、甘糟《あまかす》」

相手は、北綾瀬《きたあやせ》署刑事課組織犯罪対策係の甘糟達男《たつお》巡査部長だ。

「日村です」

「ひゃあ……」

甘糟はいわゆるマル暴刑事だが、まったくそれらしくない。マル暴刑事はたいてい、強面《こわもて》で、服装や髪型も、ヤクザ者と見分けがつかない。

甘糟は童顔で小柄。チンピラにもなめられるような風貌だ。その上、いかにも気が弱そうなのだ。

「ひゃあじゃないですよ。ちょっと話があるんですがね……」

「あのね、普通マルBが刑事を呼び出したりはしないんだよ」

「事務所で待ってます。すぐに来てください」

日村は返事を聞かずに、電話を切った。

2

日村が事務所に戻ったのは、午後四時十分頃のことだ。その約十分後に、甘糟がやってきた。

汗をかいている。十月も半ばで、汗をかくような気候ではない。おそらく、署から駆けてきたのだろう。

「どういうこと？　立場わかってるの？　俺、刑事だよ」

日村はいちおう、立ち上がって礼をした。

「ご足労いただき、恐縮です」

「そういう言い方、慇懃《いんぎん》無礼《ぶれい》だよ。あ、茶なんていらないからね。何度言えばわかるんだ」

真吉が茶を入れて運んでこようとしていた。かまわずに応接セットのテーブルに置く。

「お茶なんて飲まないからね。マルＢの出した茶なんか飲んだら、収賄になりかねないからね」

「そう言われましても、お客に茶も出さないなんて、自分らの恥になりますから」

「あんたらが恥をかこうがどうしようが、知ったこっちゃないんだよ。それで、何なの、話って」

「まあ、おかけください」

「やだよ。俺、すぐに帰るからね」

甘糟は出入り口付近から動こうとしない。仕方なく、日村も立ったまま話をした。

「ちょっとうかがいたいことがありましてね……」

「何だよ」

「『矢七寿司』に出前を注文したんですよ」

甘糟が怪訝《けげん》そうな顔になる。

「それで……？」

「断られたんです」

「どういうこと？」

「警察が暴力団排除条例の指導をしたそうですね」

「あ……」

甘糟がぽかんとした顔になった。「本当にやったんだ……」

「やったんでしょう？」

「えーと……。係長が管内の飲食店を中心に条例を徹底させると言っていたんだ。きっと自分で指導に回ったんだと思う」

「条例の徹底ですか。自分ら鮨も食えないってことですね」

「いや……。鮨くらい自由に食べてよ」

「『矢七寿司』の二代目は、自分らに出前をしたら、暴力団と契約を結ぶことになるので、処罰されると思い込んでいましたよ」

「排除条例で処罰されるのは、暴力団の資金源になるとかの利益供与をした場合とか、未成年を事務所に無理やり連れて行ったりした場合とか、悪質なものに限られているんだ。鮨の出前をしたくらいで検挙なんてしないよ」

「そういうことは私らもわかっています。こっちにしてみれば死活問題ですからね。問題は、警察が地元の商店街や飲食店にどういう指導をしているか、なんです。どうして二代目は勘違いをされたんでしょうね？」

甘糟はふくれっ面になった。

「俺にそんなことを言われても知らないよ」

「そんなことをおっしゃらずに、教えてください。私ら、いったいどうすればいいんです？」

甘糟は溜め息をついた。

「俺は公務員だからね、上の方針を実行するだけなんだよ」

「上の方針……」

「そうだよ。国家公安委員会とか、警察庁とか、そういう上のほうで決まったことだ」

「そういう人たちが、ヤクザをこの世からなくそうと考えたわけですか？」

「そういうことだと思うよ」

「そんなことをしたら、日本はめちゃくちゃになっちまいますよ」

「かつて大きな抗争事件があったり、物騒な時代があったからね。それで警察の偉い人は頭に来たんじゃない?」

「抗争を起こすのは、常にヤクザの一部でしかありません」

「ヤクザって、いるだけで恐いじゃない」

「私らも恐いですか?」

「恐いよ。事務所に来るなんて、仕事じゃなきゃ、絶対に嫌だ。仕事でも嫌だけどね」

「それって、必要なことだと思いますよ」

「え、何のこと?」

「恐いモンですよ。日本には恐いモンがなくなっちまったんじゃないですかね」

「いやあ、俺、恐いものはたくさんあるよ。上司も恐いし、先輩も恐い。あんたらも恐いし……」

「昔よりも恐いモンと出会うことが少なくなっているのかもしれません。昔は、学校の先生が恐かった。私ら、顔が腫れあがるくらいに殴られたもんです。グレてた時代には、周りは恐いモンだらけでした。今じゃ、学校の先生が生徒を殴るだけで大騒ぎになるんでしょう? 妙な世の中です」

「先生は無力になったよなあ」

「先生が恐くなくなったから、いじめなんてものが増えたんですよ」

「そうかなあ……」

「昨今、ハロウィンとか年末年始のカウントダウンとかで渋谷あたりがひどいことになっていますよね」

「そうらしいね」

「町にヤクザがいなくなると、ああいうことになるんです」

「いや、それはどうかなあ……。商店街の人たちが自主的にパトロールやったりゴミの片づけやったりと頑張っているよ」

「でも、商店街のパトロールは恐くないでしょう？　相手は犯罪者じゃないんで警察は手を出せない。それですっかりなめられている」

「そりゃそうかもしれないけど……」

「警察はヤクザが諸悪の根源のようなことを言いますが、ヤクザよりタチが悪い連中はいくらでもいます。半グレがいい例です。あの連中は恐いモンがないので歯止めがきかない。外国人の不良集団はどうです？　警察はちゃんと対処できていますか？」

「俺だってね、取り締まればいいってもんじゃないことはわかってる。あんたの言いたいことはわかるよ。昔の十手《じって》持ちね、いわゆる岡《おか》っ引《び》きってやつ……。銭形平次とか人形佐七とかさ、あれってみんなヤクザだよね。つまりさ、昔は捜査機関にヤクザみたいな連中を組み込んでいたわけだ。でも、今はそんな世の中じゃないんだ」

「ここにいる四人の若者を見てください。彼らは阿岐本親分がいなければ、仕事もなくもっとすさんだ生活をしていたはずです」

「わかってるよ。でもね、俺はマル暴だからね。立場上暴力団を認めるわけにはいかないんだよ」

「おたくの係長は、私らを地域から追い出そうとしているのですか？」

「組を解散してくれれば、追い出すことはないと思うよ」

「警察は、二言目には解散、解散と言いますがね、暴力団を解散してもヤクザはいなくなりませんよ。世に言われているとおり、地下に潜るんです。そうなると余計にやっかいですよ。見えているものより、見えないもののほうが陰湿で悪質ですからね」

「警察は役所だからなあ……。暴力団が解散したという実績さえあればいいんだよ。上から暴力団員を減らせと言われる。組を解散させればその分組員の数が減るわけだから、それでいいのさ」

「実情は悪化するのに？」

「上の人はそういうこと、考えないんじゃない？」

日村はこういう議論をすること自体むなしいと思いはじめた。甘糟も警察の暴力団対策の矛盾に気づいている。気づいていながら、取り締まるしかないのだ。それが彼らの仕事なのだから仕方がない。

「お呼び立てして、申し訳ありませんでした」

日村が頭を下げると、甘糟はいっそう落ち着かない様子になった。

「なんだよ。用はそれだけなの？　だったら、俺、帰るよ」

「はい。お引き取りいただいてけっこうです」

甘糟が出て行こうとすると、出入り口のドアが開いた。

「ひゃあ」

入って来た人物を見て、甘糟がまた変な声を上げた。

永神のオジキだった。

服装は素人とそれほど違わないのだが、なぜか見た目は立派な極道だ。

かつて、極道は、高級なスーツを着て、時計もできるだけ高級品をつけ、また金無垢のネックレスなど高価なアクセサリーを身につけていた。

これは見栄もあるが、博徒の伝統でもあった。博打で負けたときに、すぐに差し出せるようにとの用意なのだ。賭場で負けを支払えないと、殺されても文句は言えないのだ。

永神もかつてはそんな恰好をしていたが、今ではすっかり地味になった。

永神は甘糟を一瞥《いちべつ》し、日村に言った。

「この人、たしか北綾瀬署のマル暴だよな。取り込み中か？」

「いえ、話は終わりました」

そう言いながら、日村はしまったと思っていた。

永神と甘糟が鉢合わせするとは思っていなかった。だが、当然そこまで考えるべきだった。

永神が阿岐本に会いに来たことを知った甘糟は、そのことを署に帰って報告するだろう。

いろいろと詮索されることになるかもしれない。

永神が来ることを知っていながら、甘糟を事務所に呼びつけた自分の愚かさに、日村は舌打ちした。

甘糟は戸口で何か言いたそうにしていた。きっと永神がやってきた理由を問いたかったのだろう。だが、結局彼は何も言わず事務所を出て行った。

永神が言った。

「マル暴が何の用だって?」

「いえ……。こちらから話があったので、来てもらったんです」

「何の話だ?」

「最近、警察が地元の飲食店なんかに、排除条例について指導に入ったらしいんです」

「排除条例についての指導?」

「暴力団と契約を結んではいけない、とか……」

「ああ、ピザの配達もダメってやつか。実際にそんなことはねえんだがな」

「過剰反応する店も出てくるんじゃないかと……」

永神は顔をしかめた。

「やりにくい世の中になったもんだ。組を締め付けても何の意味もないのにな……」

「お役所仕事なので、解散したという形式さえ整えばいいんだそうです。それが警察の実績になりますから」

「くだらねえな。日本はどんどん情けねえ国になっていく気がする」

「はあ……」

「アニキは？」

「部屋でお待ちです」

「じゃあ、邪魔するぜ」

「自分も同席するように言われているのですが……」

「わかった。いっしょに来てくれ」

日村は、健一に二万円を差し出して言った。

「出前が来たら、これで払っておいてくれ」

「あ、『矢七寿司』、引き受けてくれたんですか」

「ああ、だいじょうぶだ」

健一は金を受け取って、ぺこりと頭を下げた。

永神が組長室のドアを開けた。日村は永神に続いた。

「おう、兄弟。元気そうだな」

阿岐本が机の向こうで立ち上がった。

「時間を取ってもらって、すまねえな」

「まあ、座ってくれ」

阿岐本が応接セットのソファに腰を下ろす。その向かい側に永神が座った。日村は、阿岐本の後ろに立とうとした。すると、阿岐本が言った。

「誠司、おまえも座れ」

「いえ、自分は……」

「ここには兄弟しかいねえんだ。遠慮するこたあねえ。座れ」

「は……」

日村は、なるべく二人から離れた席に、浅く腰を下ろした。背筋は伸ばしたままだ。

ソファというのは、こういう座り方をするように作られていない。くつろぐための家具なのだ。だから、背を伸ばして座っているのはなかなかたいへんだ。

阿岐本が尋ねる。

「景気はどうだい？」

永神がこたえた。

「いいわけがねえ。政府はいざなぎ超えの好景気だなんて言ってるが、そんな実感はねえな」

「町の様子を見てもそうだな。金はいったいどこにあるんだろうな」

「大企業が溜め込んでいるんだ。昔は銀行がどんどん金を貸したんで、内部留保なんかせずに、設備投資や人件費に金を使った。だが、今や銀行は貸し渋り・貸し剝がしばかりだ。会社という会社がすっかり萎縮しちまって金を回さなくなった。それで景気は冷えたまんまなんだ」

「日本人は働かなくなったしな……。二十四時間戦っていたビジネスマンたちはどこに行っちまったんだ……」

「この国は勢いをなくしちまったよなあ。国際競争力だなんて言ってるけど、国民が働かなくなっちまっちゃ、競争力もへったくれもねえ」

世間の堅気《かたぎ》が聞いたらあきれるかもしれないと、日村は密かに思った。遊び人たちが勤労について語っているのだ。

だが、一般人が思っているほどヤクザは暇ではない。どの世界にも半端なやつはいるが、まっとうなヤクザは企業の管理職並に、いやそれ以上に忙しいのだ。

シノギだけではなく義理事にも時間を割《さ》かれる。阿岐本が言った昔のビジネスマンではないが、ヤクザは二十四時間戦っているのだ。だから堅気はヤクザにかなわないのだ。

「それで……」

阿岐本が尋ねた。「話ってのは何だい」

オヤジは明らかに期待している。日村はそう思った。

永神が持ち込む相談事には、興味津々《しんしん》なのだ。これまでいろいろな話があった。

出版社、私立高校、病院、銭湯……。

いずれも、すっかり傾いて廃業寸前のものを、阿岐本が引き受けて立て直したのだ。

永神がおもむろに言った。

「映画館なんだよ」

日村は天を仰ぎたくなった。

廃《すた》れた映画館を立て直してほしいという話なのだろう。いかにも阿岐本が好きそうな話だと日村は思った。

　阿岐本が言った。

「映画館か……」

　そして深く溜め息をつく。表情は晴れない。

　おや、と日村は阿岐本の横顔をうかがった。あまり乗り気ではない様子に見える。これは演技なのだろうか。

　永神が言った。

「そう。北千住《きたせんじゅ》にある古い映画館で、『千住シネマ』っていうんだが……」

「『千住シネマ』なら知ってる。俺も若い頃にはけっこう通ったもんだ」

「アニキはこっちが地元だから、そうじゃないかと思っていた」

「その『千住シネマ』がどうしたんだ？」

「このご時世だから、映画館もなかなかたいへんでね……。大手の映画会社が経営していた映画館は採算が合わなくなって次々と閉めちまった。今は、かつて羽振りがよかった大手系列館の陰でひっそりとやっていた名画座や独立系の映画館のほうが生き残っている。皮肉なもんだよなあ」

「採算が合わないのなら、閉めてしまえばいい」

　この発言はオヤジらしくないなと、日村は感じていた。

　どうやら、永神も同じようなことを思ったらしい。

「そうしようとしたらしいんだが、熱心なファンというのがいてね。なんとか存続してくれという手紙が何通も届き、署名運動まで起きたというんだ。それで経営者も考え込んじまってね……」

「商売のことを考えたら、考え込むこたあねえ。どんなに惜しむ声があろうと、さっさと処理しちまえばいいんだ」

「経営者と支援者は、存続の道はないかと頭を悩ませているんだ。アニキ、なんとか知恵を貸しちゃくれねえか」

「いつも思うんだがな」

「何だ？」

「そういう再建話を持ってきて、おまえに何の得があるんだ？」

「そりゃ、損得よりも義理だよ」

「義理ねえ……」

「まあ、そりゃそれなりの口利き料はもらうことになるけど……」

「おい、永神。てめえも素人じゃないんだから、わかってんだろう」

「何の話だい？」

「昔から映画の世界ってのはな、ヤクザがやってるんだよ。映画会社の経営も、ロケの仕切りも、配給も興行も、全部ヤクザがやってきたんだ」

「そりゃそうだが……」

「映画の興行にヤクザの息がかかってないわけがない。そんな話に手を出せると思ってるのか」

なるほどそうだったのか、と日村は思った。さすがはオヤジだ。そういうところはしっかりしている。

「あ、いや、今はそういうご時世じゃないんだ。映画業界ってのは昔と違って決して儲かる商売じゃなくなった。だから、組の権利でがんじがらめってこともなくなった」

「この小さな組が、どこの系列にも入らずにどうして生き延びられたかわかるか？」

「そりゃアニキの顔があるから……」

「敵を作らなかったからだ。それが阿岐本組の兵法だ」

「いや、アニキ。何度も言うが、今は時代が違う」

「いくら時代が変わろうと、業界の体質ってのは変わらない」

「だいじょうぶだ。昔はいざ知らず、今の『千住シネマ』にはどこの息もかかっちゃいない」

「間違いないな」

阿岐本はひたと永神を見つめた。永神は汗をかきはじめた。

「ああ、間違いねえ」

すると、阿岐本はにっこりと笑った。日村は「あっ」と思った。

阿岐本が言った。

「そういうことなら、改めて話を聞こうじゃないか」

3

ドアをノックする音が聞こえた。

話の腰を折られたようなタイミングだったが、阿岐本は別に気にした様子もなく返事をした。

「何だ？」

ドアが開いて、健一が顔を出した。

「鮨が届きました」

阿岐本がうなずく。

「おう、じゃあメシにしよう。話は食いながら聞くとするか」

健一と稔がそれぞれ一つずつ塗り物の鮨桶を運んで来た。それを阿岐本と永神の前に置く。

真吉がお茶を運んで来た。

「おう、誠司の分がねえじゃねえか」

阿岐本にそう言われて、健一と稔が顔を見合わせた。

日村は言った。

「自分は後で、健一たちといっしょにいただきますから」

「それまで若い衆がおあずけを食らうことになるぜ」

健一が言った。

「あ、じゃあ、代貸の分も運んできます」

健一が似たような鮨桶を運んできた。それが日村の前に置かれると、阿岐本が言った。

「なんだ、おめえのだけ安い鮨か？」

阿岐本に言われて、日村はこたえた。

「はい。若い衆といっしょです」

「いいか。おめえは俺と同じでいいんだよ」

「いえ、そうはいきません」

「今度からそうしな」

阿岐本が割り箸を割った。それが合図で、食事が始まった。健一たちは組長室を退出した。

並の鮨で充分だと、日村は思った。子供の頃は鮨など夢のまた夢だった。回転鮨すら食べたことがなかった。

初めてマグロの鮨を食べたとき、なんてうまいんだと感動した。母親にも食わせてやりたいと思ったが、そのときにはすでに母はこの世にいなかった。

「やっぱり『矢七寿司』は違うな」

阿岐本が言った。「こいつは大将が握った鮨だ」

日村はただ「はい」とだけ言った。出前を一度断られた経緯などオヤジに話す必要はない。

阿岐本が茶を一口すすってから永神に言った。

「話の続きだ。『千住シネマ』を閉めようと思ったが、存続を望む人たちがいて、どうしようか、という話だったな」

永神が鮨を頬張りながら、うなずいた。

「かいつまんで言えばそういうことになるんだが、実はそんなに単純じゃねえんだ」

「何がどう単純じゃねえんだ?」

「映画館の経営者が、こう……、どう言ったらいいか、揺れ動いているって言うか……」

「閉めるか存続させるか迷っているってことだろう」

「迷っているっていうか、悩んでいるんだ」

「そりゃ、どっちにしても、簡単じゃねえだろうからな……」

「いろいろな事が絡んできてね……」

「いろいろな事……?」

「処分するにしても、存続するにしても、それなりの利権が絡む」

「きな臭い話でもあるのか? 映画館にはケツ持ちはいねえって言ったよな」

「そいつは間違いねえよ」

「確かだろうな」

「確かだ。だが、映画館があるのは北千住の中でも一等地だ」

「詳しい事情が知りてえな」

「実は、俺もすべてを知っているわけじゃねえ。話は直接経営者から聞いたらどうだ?」

会いにいったら、後には退けなくなる。ここは慎重になるべきだと、日村は思った。うまいはずの『矢七寿司』の鮨の味がわからなかった。

阿岐本と永神の話に集中していたせいだ。

阿岐本が言った。

「そうだな。おめえ、段取りはできるのか？」

「もちろんだよ、アニキ」

「じゃあ、その経営者ってのに、会ってみよう」

永神がほっとした表情になった。

「わかった。すぐにアポを取るよ」

「それで、経営者はどういう人なんだい？」

「『千住興業』って会社の三代目社長なんだけどね……」

「『千住興業』……。どんな会社なんだ？」

「初代の社長は、増原《ますはら》荷吉《かきち》という人で、生まれは明治三十三年だそうだ。昭和二年に会社を作って、戦後の復興事業で大儲けをした。土地の売買から、建築の資材確保、人材確保、そして建築業そのものまで、何でもやったそうだ。それで莫大な財を築き、その金で五百席ほどの立派な映画館を建てた」

「それが『千住シネマ』かい」

「そう。厳密に言うと、旧『千住シネマ』だ。昔の映画業界ってのは花形産業だ。収益は右肩上がりだった。当時の『千住シネマ』は、大手の映画会社の系列で、全国ロードショーの封切り館だった」

日村には何の話かわからなかった。映画の話などちんぷんかんぷんだ。

その思いが顔に出たのだろう。阿岐本が言った。

「おい、誠司。おめえ、ロードショーって知ってるか？」

ここで知ったかぶりをすると、後でひどい目にあいかねない。正直に言うに限る。

「テレビで昔、ナントカロードショーという映画番組がありましたが、それくらいしか知りません」

阿岐本が永神に言った。

「俺も言葉は知っているが、それがどういうことなのかよくわからねえ。説明してくれ」

「いやあ、俺も通り一遍の説明を受けただけで、詳しいことはちょっと……。それも含めて、経営者に訊けばいいと思う」

阿岐本が言った。

「わかった。じゃあ、話を続けてくれ」

「映画業界はどんどん発展して、『千住シネマ』も順風満帆だった。観客動員数、映画館数、ともにピークは昭和三十三年だということだが、その後も長く活況は続いた。そんな中、二代目が社長に就任する。昭和三十五年、一九六〇年のことだ。二代目の社長は増原和仁《かずひと》。先代の長男だ。先代の頃、『千住興業』はまだ不動産などをやっていたが、二代目になるとほとんど映画館の収入だけで会社を回すようになる。高度経済成長ということもあって、二代目には何の苦労もなかった。映画業界にとってはいい時代だった。そして、平成二年、つまり一九九〇年に今の社長が就任する。三代目だな。名前は増原俊樹《としき》。彼も二代目の長男だ」

「平成二年か……」

阿岐本が言った。「二代目の時代に比べりゃ、みんな映画を観なくなってるな」

「たいへんな時期だよ。アニキだって平成三年から平成五年のことは忘れられねえだろう」

「バブル崩壊だな」

「そうだ。俺たちの仲間も、ずいぶんと飛んじまったな」

姿をくらました連中の中には、殺されたり、自殺したやつもいたはずだと、日村は思った。たしかに、その頃は大混乱だったらしい。もっとも日村はまだ子供だったのでよく覚えていない。

阿岐本が言った。

「うちは、もともと派手なシノギをやってたわけじゃねえんで、それほど影響はなかったがな……」

「たしかに、一番たいへんだったのは、不動産や株をシノギにしていた連中だったな。地上げ屋やってたようなやつらはほとんど消えちまった」

「『千住興業』の三代目は、そのバブル崩壊を経験したってわけだな？」

阿岐本が尋ねると、永神はうなずいた。

「そう。三代目の時代に、映画産業はあっという間に斜陽産業になっていって、大手の映画会社は、直営の映画館を次々と閉館にしていった。『千住シネマ』も映画会社の系列から外れ、座席数二百ほどのミニシアターになったんだ」

「ミニシアターって言うと、単館上映とかの地味な映画をやっているという印象があるけどな……」

「さっきも言ったけどね、大手の直営映画館は採算が取れなくなって次々と閉館していったけど、ミニシアターなんかはしぶとく生き残ってたりするんだよ」

「『千住シネマ』もそうだというわけか」

「三代目は苦労したんだよ。映画館だけじゃやっていけないから、『千住興業』は他の事業に力を入れて、何とか食いつないでいるという状況だ」

「映画館はお荷物ってわけか？」

　永神は肩をすくめた。

「そう言っちゃ身も蓋《ふた》もねえがな……。まあ、実情はそんなところじゃないかね」

「『千住興業』の他の事業ってのは、何だ？」

「メインは不動産業だ。具体的に言うとビルの賃貸だな。家賃収入や、レンタルスペースなんかの収入があるらしい。まあ、そういうことも、社長から直接聞けるだろう」

「わかった」

　阿岐本がうなずいてから日村に言った。「鮨桶を片づけるように言いな」

「はい」

日村はすぐに立ち上がり、ドアを開けると健一に鮨桶を下げるように言った。すぐに健一がやってきて、空《から》になった鮨桶を重ねて持っていく。それと入れ替わるように、真吉がまた茶を持って来た。

その茶をすすると、永神が言った。

「じゃあ、段取りがついたら連絡する」

「わかった」

「たまにはどうだ、アニキ」

永神は左手で盃をくいっと傾ける仕草をした。

「すまねえな」

阿岐本は言った。「いろいろと、野暮用が多くてな。今度付き合うよ」

「きっとだぞ」

そう言って、永神は立ち上がった。

永神を送り出すと、日村は組長室に戻った。阿岐本は両袖机に戻り、茶を飲んでいた。

日村の姿を見て、阿岐本が言った。

「『千住シネマ』について、ちょっと調べておけ」

「わかりました」

何を調べればいいのかはだいたいわかっている。経営状態だとか、何かのヒモ付きかどうかなどを調べればいいのだ。

後になって、暴力団のフロント企業だった、なんてことになったら、シャレにならない。

永神が、そういうことはないと断言していたのだから、だいじょうぶだとは思うが、用心に越したことはない。

「誠司、おまえ、映画は好きか？」

「嫌いじゃありませんが、特別好きなわけじゃないです」

「そうだよな。映画って世代じゃねえよな」

「はあ……。世代の問題ですか」

「ベタだけどな、俺は健さんの映画が大好きなんだ」

「ケンサン……？」

「高倉健さんだ。『日本俠客《きょうかく》伝』『網走《あばしり》番外地』『昭和残俠伝』……。どのシリーズもいいがな、やっぱり俺は『日本俠客伝』シリーズが好きだ。男は我慢だということを学んだ」

オヤジが自分で言ったとおり、任俠映画とはあまりにベタだ。だが、案外そんなものなのかもしれない。

警察官が刑事ドラマをよく観るという話を聞いたことがある。現実との違いを笑いながら、それでもけっこう楽しんでいるのだ。

日村は高倉健の任俠映画など観たことがない。

日村は言った。

「自分の若い頃は映画どころじゃありませんでした。生きていくので精一杯という感じでしたね」

映画館に足を運ぶような同年代のやつを見たら、カツアゲしていた。我ながらすさんでいたと思う。

「そういうやつこそ、映画を観なきゃいけねえ」

「そうなんですか？」

「映画はな、いろいろなことを教えてくれるし、人生を豊かにしてくれるんだ」

「健さんの映画が、ですか？」

「そうだよ。俺は健さんの映画から多くのことを学んだ。健さんの映画だけじゃねえ。スクリーンに向かって座っている間は、現実を忘れさせてくれるんだ。映画ってのはな、そういうもんだ」

いや、そう簡単に現実を忘れられるものではない。

そう思いながら、日村は黙っていた。

阿岐本が言葉を続けた。

「ある映画監督がな、昔、こんなことを言っていた。映写機ってのは、ライトが点滅しているんだ。つまり、写真と写真の間に暗闇があり、目をつむっているのと同じだ。人間、目をつむっているときには夢を見ている。だから、映画は夢のメディアなんだ……。いいこと言うなと思ったね」

日村はぴんとこない。映画がどういう仕組みで映っているのかなど興味はないし、それが夢のメディアだと言われても、へえ、そうですか、としか思わない。

それにしても、オヤジがこんなに映画ファンだとは知らなかった。長い付き合いだが、まだまだ知らないことがあるのだと、日村は思った。

永神の前では、そんな様子はおくびにも出さなかった。だが、こういうときのオヤジがかえって危ないのだ。

興味がないときはほとんど反応を見せない。それなりに興味があるときが一番乗り気な様子になる。

そして、本当に興味があることには、かえって無関心を装うことがあるのだ。照れがあるのだろうか。

阿岐本は映画に対して相当な思い入れがあるのかもしれない。『千住シネマ』に他の組が絡んでいないかどうか、永神に確認したのも、途中で手を引くような事態を避けたいからだろう。

今回阿岐本は、いつも以上に入れ込むのではないか。そう思うと、日村は不安になってきた。

「それにしても……」

阿岐本がふと、表情を曇らせて言った。「永神のやつは、『千住シネマ』を存続させて何の得があるんだろうな」

「損得よりも義理だと言ってましたね」

「そんな訳ねえだろう。あいつはそんなタマじゃねえよ。損得勘定で動くやつだ。何か理由があるはずだ」

「そっちのほうも調べますか？」

阿岐本はしばらく考えてからこたえた。

「いや、それはいずれ俺が永神本人から聞き出すとしよう」

日村は永神の事情どころではない。阿岐本が『千住シネマ』に入れ込んだら、いったいどういうことになるのだろう。

事務所を留守にすることが多くなるのではないか。すると、地元のシノギがおろそかになる。

大組織の傘下ではないので、上納金があるわけではない。その点では助かっているが、金が入ってこないのでは困る。

「他に何か……」

日村が尋ねると、阿岐本が言った。

「永神が来る前に、誰か来てただろう」

「甘糟さんがいらしてました」

「何の用だったんだ？」

「特に用というわけでは……。見回りでしょう」

「なめるなよ、誠司」

「は……？」

「ごまかしてもだめだよ。『矢七寿司』と何か関係があるんじゃねえのか？」

オヤジにはかなわないと、日村は思った。何もかもお見通しなのだ。

「『矢七寿司』に警察の指導が入ったとかで……。それについて、甘糟さんに尋ねようと思いまして」

「警察の指導？　暴対法と排除条例だな？」

「はい」

「ヤクザには鮨を届けたりするな、という指導か？」

「そういうことです」

「だが、さっきのは間違いなく『矢七寿司』の大将が握った鮨だった」

「二代目は渋っていたんですが、大将が、鮨屋としてのプライドってもんがある、と……」

「それで、甘糟さんが指導をしたのかい？」

「係長がやったと言ってました」

「係長か……」

阿岐本は何か思い当たるような様子で言った。「たしか、最近変わったんだったよな……」

日村は初耳だった。

「人事異動ですか」

「そうだ。新任の係長は赴任先で、早いところ実績を作りたいんだろうね」

「こっちとしてはいい迷惑ですね」

阿岐本は溜め息をついた。

「まあ、そういうご時世だからな」

「自分ら、生きてちゃいけないってことでしょうか……」

阿岐本はにっと笑った。

「そういう気分になったときに、健さんの映画を観るといいんだよ」

4

組長室を出ると、日村はテツに言った。

「おい、ちょっと『千住シネマ』について調べてみろ」

テツは分厚い眼鏡の奥の眼を瞬《しばた》いた。

「『千住シネマ』？　映画館ですか？」

「そうだ。ミニシアターとか言うらしい」

「それの何を……」

「まずは、経営状況だな。それから、何か問題を抱えていないかどうか……」

「はあ……。やってみます」

一昔前のヤクザ稼業なら、こんな返事をしたらたちまちぶっ飛ばされていた。上に言われたことは、何が何でもやらなけりゃならない。「やってみます」など通用しないのだ。

今は若い衆の躾《しつけ》もずいぶんと緩くなった。その中でもテツはさらに特別だと、日村は思った。

なにせ彼は、パソコンという魔法を使えるのだ。

テツがさっそくパソコンに向かって作業を始めた。

定席《じょうせき》である来客用のソファに行こうとして、日村は気づいた。健一たちが、興味津々という顔で日村を見ている。

日村は健一に言った。

「なんだ？　何か言いたいことがあるのか？」

「永神のオジキは、映画館の話でいらしたんですか？」

彼らが何を言いたいのかはわかっていた。これまでいろいろな業種で立て直しを経験してきた。

出版社、学校、病院、銭湯。

こいつらそれで味をしめやがったな……。

堅気の世界で生きられない彼らは、まっとうな仕事に憧れを抱いているのかもしれない。おまえらには関係ないと、突っぱねてしまうこともできる。だが、それでは彼らがかわいそうだと、日村は思った。

彼らがこの先、堅気の仕事に就くことはないだろう。だったらせめて短期間でも、関わらせてやりたい。

日村はこたえた。

「ああ。北千住にある映画館だ」

健一がさらに尋ねる。

「潰《つぶ》れかけている映画館を立て直すっていう話ですね？」

日村は声を落として言った。

「どうやら、オヤジはそのつもりのようだ。だが……」

さらに声を落とす。テツを除いた三人がわずかに近寄ってくる。日村は言葉を続けた。

「調べてみないことには何とも言えないと、俺は思っている。永神のオジキが持って来た話だから何でも首を突っこんでいいというわけじゃない」

健一がうなずく。

「そりゃそうですね」

「ところで、おまえら、映画館に行ったことはあるのか？」

健一がこたえる。

「そりゃ、ありますよ」

稔がうなずく。

「もちろんですよ。一時期、けっこう通ったこともあります」

真吉が言った。

「自分も映画とか、それなりに行きますよ」

テツだけが、パソコンに向かったままで、会話には参加しない。

「へえ……。そうなのか」

日村がそういうと、健一が気づいたように言った。

「え、まさか、代貸、映画館に行ったことがないんじゃないでしょうね」

日村はこたえた。

「ないわけじゃないと思うが、あまり記憶がない」

「記憶がないって、どういうことですか？」

「言ったとおりだ。ガキの頃は、家が貧乏で映画どころじゃなかった。中学生くらいから、街に出れば喧嘩をしていたから、やっぱり映画なんて縁がなかった。オヤジに拾われてからは、映画館に行く暇なんてなかった……」

　健一が目を丸くした。

「本当に行ったこと、ないんですか？」

「いや……。だから、覚えてないんだ」

　稔があきれたように言った。

「そんなことってあります？　映画館で映画を観た記憶はないんですか？」

「映画はテレビで観ればいいと思っていた」

　真吉が言う。

「それって、全部吹き替えっていうことですよね？」

　日村は尋ねた。

「吹き替えって何だ？」

「あ、ええと……」

　真吉が戸惑った様子でこたえる。「外国人の俳優の台詞《せりふ》を、日本人の声優なんかを使って入れ替えるわけです」

「そうだな……」

日村はこたえた。「そういう映画しか記憶にないな」

健一が驚いた顔で日村を見た。

「字幕で映画を観たことがないんですか？」

「字幕……？　日本語の訳が画面に出るやつか？」

「そうです」

「そういう映画を観た記憶はないな。……あ、いや、字幕がどういうものか知っているので、まったく経験がないわけじゃないと思う。ただ、本当に覚えていないんだ」

健一、稔、真吉の三人は、不思議なものを見るような目つきで日村を見た。その眼差《まなざ》しにむかついた。

「何だてめえら。なんで、そんな眼で俺を見るんだ」

健一が言った。

「映画館で観る映画って、ちょっと特別じゃないですか」

日村は聞き返した。

「何が特別なんだ？」

「何でしょうね……。テレビなんかと、わくわく感が違います」

「何だ、そのわくわく感ってのは……」

「映画館に行くと、本編の前に予告が入るじゃないですか。それが期待感を高めるんですよ」

「そうそう」

稔が言った。「真っ暗なところで観るのがいいんですよね。ポップコーンとか食べながら」

日村は言った。

「てめえんちで電気消してテレビで観ても同じじゃねえか。ポップコーンくらいコンビニで買って来りゃあいい」

稔がかぶりを振った。

「そういうんじゃないんです。映画館は、三橋さんが言ったように、やっぱ特別なんですよ」

「自分は、女に引っぱっていかれるだけなんですがね……」

真吉が言った。「行ってみると、それなりに楽しんじゃいますね。テーマパークとかだと疲れるし、絶叫マシンも好きじゃないんですけど、映画館は楽しいです」

「おまえらみたいに映画好きのやつばかりなら、映画館が潰れたりはしねえよなあ……」

とたんに健一の表情が険しくなる。

「そう言えば、映画館はどんどんなくなりますよねえ……」

「そりゃそうだろう」

日村は言った。「テレビで映画が観られるんだ。何も金を出して観る必要はない」

健一が言う。

「テレビで新作映画が観られるわけじゃありません」

「何年か待てばいいだけだろう」

「映画ファンは待てないんですよ」

「だから、世の中そういうやつばかりじゃないんだよ」

健一と稔が顔を見合わせた。その仕草にかちんときた。

「何だ。何か言いたいことがあるのか」

健一が言った。

「いえね……。代貸はもっと、何と言うか……、ロマンのある人だと思っていました」

「ロマンだとお……」

ぶん殴ってやろうかと思った。

健一もそれを覚悟したらしい。若い衆を殴るのは日常だ。向こうも慣れている。

躾をするときには殴るものだ。今どきの学校は、先生が生徒を殴ると大騒ぎになるらしい。

どうかしていると、日村は思う。

殴らないでどうやってガキを躾けると言うのだ。子供は犬猫と同じだ。

殴られた生徒はＰＴＳＤとかになるらしい。そんなひ弱なやつが生きていけるほど世の中甘くはない。

若い衆を見ていればわかるが、毎日殴られていれば慣れるものだ。やつらは青たんを作ったり、鼻血を流したりしながら、へらへらしていられる。

まあ、ヤクザの考えることだから、世の中とはずれているのだろう。だが、どっちが正しいのだろうと、日村は真剣に考え込むことがある。

「あのお……」

そのとき、テツが言った。「『千住シネマ』ですが、だいたいのことはわかりました」

日村はテツの一言で、健一を殴らずに済んだ。

「おう、何がわかった」

日村はソファにどっかと腰を下ろしてテツの話を聞くことにした。

「まず、経営状態ですが、『千住シネマ』単体では赤字が続いていますね」

「単体では……？」

「はい。『千住シネマ』を経営している『千住興業』は、他にも事業収入があり、全体ではぎりぎり黒字ですね」

「たしか、不動産収入があるということだな。家賃収入とかレンタルスペースとか……」

「はい」

「会社全体としては、赤字部門を切り捨てれば、もっと楽になるということだな」

「その分、法人税も増えますが……」

「会社の成長のためには、それでも利益を増やしたいということなんだろうな」

「経営者ならそう考えてもおかしくはないですね。利益が増えれば、新たな事業への投資もできますし……」

「だが、映画館を潰さないとやっていけないほど会社が困っているわけではないんだな？」

テツは無表情のまま言った。

「それは微妙なところですね」

「その他に何か？」

「『千住シネマ・ファンの会』というのがあって、そこが存続運動をしているようです」

「永神のオジキもそんなことを言っていた。だけど、いくら熱心なファンがいても、経営者はシビアだからなあ……」

「ところが、ファンの会のサイトを見ると、かなり具体的な計画が提案されているんです」

「具体的な計画？」

「ええ。クラウドファンディングとか……」

「何だそれ」

「インターネットを通じて、多くの人から資金を募るんです。この場合は、投資とは言い難いので、寄付を募るクラウドソーシングと言ったほうがいいと思いますが……」

「赤の他人の事業に寄付する奇特な人がいるのか？」

「コンセプト次第ですね。多くの人たちから支持を受けるようなコンセプトなら、けっこう多額の寄付が集まるんです。アーチストを応援するとか、環境運動とか、市民ジャーナリズムとか、いろいろな分野で活用されています」

テツの言うことは今一つぴんとこない。本当にそんなことで金が集まるのだろうか。日村はそんなことを思っていた。

「そのファンの会ですが、ちょっと気になることが……」

「気になること？」

「サイトにリンクしてある、会長のＳＮＳに飛んでみたんですが、なにか嫌がらせをされているというようなことが書かれていたんです」

「嫌がらせ……？　その話、詳しく聞かせてくれ」

「いや、本人も詳しいことを書き込んでいるわけではないので……」

「どんなことを書き込んでいるんだ？」

「妨害や嫌がらせには負けないとだけ……」

「その会長は何者だ？」

「名前は、船《ふな》渡《と》川《がわ》啓《けい》太《た》郎《ろう》。年齢は四十五歳で、会社員ということです」

「会社員が映画館の存続運動をやってるのか？」

「どうやら、北千住で生まれ育って、子供の頃から『千住シネマ』に通っていたらしいですね。映画マニアなんでしょう」

　世の中に映画好きは多い。健一たちまで映画ファンだとは知らなかった。

「映画は夢のメディアだ」などと言った監督がいたと、オヤジは言っていた。夢のメディアだか何だか知らないが、こちとらは現実だけで精一杯なのだと、日村は思った。

「そのファンの会について、調べておけ」

日村はテツに言った。「とんだ揉め事を抱えているかもしれねえ」

「わかりました」

テツとの話が終わったとたん、健一が言った。

「それで、映画館にはいつ行くんでしょう？」

「おまえはそんなことを気にしなくていい」

「はあ……」

健一がしゅんとした顔になる。日村は、これに弱い。立場上、若い衆には厳しくしなければならないが、あからさまに落ち込まれると、どうしていいかわからなくなる。

「永神のオジキが、先方の社長と会う段取りをつけているところだ。オヤジが動くのがいつのことになるかわからない」

健一の表情が明るくなった。

「わかりました」

「じゃあ、俺は引きあげるから、後のことは頼んだぞ」

四人が立ち上がり、礼をする。

「お疲れさんでした」

日村は事務所を出た。

翌日、午前九時頃に事務所に行くと、すぐに永神から電話があった。

「はい、日村です」

「先方と会う約束が取れた。今日の午後一時だが、都合はどうだ？」

　阿岐本の予定は把握している。日村は秘書の役目も兼ねているのだ。

「だいじょうぶです」

「じゃあ、午後一時に北千住の『千住興業』で……」

「会社に自分らが訪ねていってだいじょうぶなんですか？」

　阿岐本と日村は一目見てヤクザだとわかる。一般企業に出入りすると何かと問題ではないかと気を遣ってしまう。

「先方が指定してきたんだから、だいじょうぶなんだろう」

　社長が無頓着なのかもしれない。それとも、ヤクザが出入りしても平気な会社なのだろうか。

　阿岐本も言っていたが、伝統的に映画関連の仕事にはヤクザが関わっている。『千住興業』もそうだったのかもしれない。そういう伝統が残っているということも考えられる。

　日村は言った。

「では、午後一時に……」

　日村は電話を切った。

『千住興業』の場所は、テツに調べさせればすぐにわかるはずだ。そのテツの姿がないので、健一に尋ねた。

「テツはどうした？」

「昨夜当番だったので、遅出です」

「出て来たら、『千住興業』の場所を調べさせろ。それを稔に伝えるんだ」

すると稔が言った。

「『千住興業』の所在地なら、スマホかカーナビですぐに調べられますよ」

そういう時代なのだな……。

「じゃあ、調べておけ。午後一時にオヤジとそこに向かう」

「わかりました」

「オヤジは？」

「まだ上です」

事務所の二階は当番なんかが寝泊まりする部屋になっており、その上は阿岐本の住居だ。

日村は階段を上り、三階のドアの脇にあるインターホンのボタンを押した。すぐに阿岐本の声が聞こえてきた。

「おう、どうした」

「永神のオジキから電話です」

「ちょっと待て」

しばらくすると、ドアが開いた。阿岐本はまだ部屋着姿だった。

「永神は何だって？」

「午後一時に、『千住興業』の社長とアポが取れたということです」

「わかった。それまでには下に行く」

「はい。失礼します」

ドアが閉じると、日村は一階に戻った。


『千住シネマ』は、大通りを北千住駅に向かい、左の路地に曲がった先にあった。

ビルの一階が映画館で、上の階がオフィスになっているようだ。おそらく、映画館は通常の二階分のスペースを占有している。その上の階から三つのフロアがある。

『千住興業』は映画館のすぐ上のフロアにあった。エレベーターの脇にある案内板では、二階と表示されているが、実質三階の位置にあるということだ。

『千住興業』には受付があり、ちゃんと受付嬢がいた。永神が来意を告げると、四十代と思《おぼ》しき受付嬢は、笑顔で尋ねた。

「お約束ですか？」

永神がこたえる。

「一時にアポがあります」

「お待ちください」

電話をすると、ほどなく男性社員が出て来て言った。

「ご案内します。こちらへどうぞ」

磨《す》りガラスのドアの向こうは、思ったよりずっと広いオフィスだった。考えてみれば、フロアは映画館と同じ面積なのだから広いのは当たり前だ。

そのオフィスの端を通り、奥にあるドアに向かった。そのドアの向こうが廊下になっており、役員たちの部屋が並んでいる。

一番奥が社長室だった。そこに案内された。永神、阿岐本、日村の順に部屋に入った。社長らしい人物がデスクの向こうで立ち上がった。

日村はその人物を見て意外に思った。映画館の経営者というからには、垢抜けたタイプを想像していた。

目の前の男は、背が低く、体形はずんぐりしている。頭髪は薄くなってきており、どう見ても冴えない人物だ。

彼が言った。

「代表取締役の増原です。どんなお話でしょう?」

話が通っているのではなかったのか。

日村はそんなことを思いながら、ちらりと永神を見た。

永神は気まずそうに阿岐本を見ていた。阿岐本はまっすぐに社長の増原を見つめていた。

5

「もしかしたら……」

阿岐本が言った。「そちらさんのほうが、私らに用事がおありなんじゃないかと思ったんですが、こいつは勘違いでしょうかね」

社長の増原は、硬い表情のまま阿岐本を見ていた。反感を抱きつつも恐怖している。そんな表情だった。それは日村にとって馴染みの顔だった。

ヤクザを前にした一般人は、たいていそんな表情を見せる。

増原社長が言った。

「こちらのほうが、あなたたちに用があるですって？　いったい何のことをおっしゃっているのです？」

永神が言った。

「映画館の話でうかがったのです。こちらでは、映画館について誰かに相談したがっておいでだとうかがったんですがね……」

増原社長は、猜疑心《さいぎしん》に満ちた眼を永神に向ける。

「相談ですって？　それは何かの間違いじゃないでしょうか。私どもには関わりのないことだと思います」

永神がうろたえた様子で、阿岐本の顔色をうかがう。阿岐本は穏やかな表情のままだ。

永神が増原社長に向かって、ぐいと身を乗り出した。

「私らに会うとおっしゃったじゃないですか。それなのに、関わりがないって、いったいどういうことですか？」

凄んでいる。訳がわからないと、どうしてもこういう態度になってしまう。相手の揚げ足を取ったり、曖昧《あいまい》な言葉に突っこんだりするのはお手の物なのだ。

だが、この場にそれはそぐわないだろう。それくらい永神にもわかっていたはずだ。つまり、彼はうろたえているということだ。

相談に乗ってもらうために、わざわざ兄貴分の阿岐本を連れてきたのだ。それで、「関わりがない」などと言われると、立つ瀬がない。

ヤクザは面子《メンツ》を潰されるのを何より嫌う。もともとは博打打ちという虚業だ。実態がないから、面子とか恰好とかが重要になってくる。

自分の面子が立たないのならまだいい。ここで兄貴分の顔を潰したら、永神はかなりまずいことになる。

阿岐本があくまでも穏やかな口調で言った。

「私らをどなたかと間違えていらっしゃるんじゃないですかね」

それに反応したのは、増原社長ではなく永神だった。

「間違えていらっしゃる……？」

そう言って、阿岐本の顔を見つめたのだ。

日村も同様に見つめていた。阿岐本が何を言っているのかわからない。

「間違えるも何も……」

増原は苦笑した。「映画館のことでいらしたのでしょう？」

「ええ、それは間違いないんですが、どうも話が食い違っているようなんで……」

「あ……」

思わず日村は小さな声を洩らしていた。

阿岐本が日村を見た。日村は首をすくめて言った。

「すいません」

阿岐本が日村に言った。

「どうしたんだ？　何か思い出したんじゃねえのかい」

日村は言った。

「お話の邪魔をするつもりじゃなかったんですが……」

「いいから、言ってみな」

「はい……」

日村は、永神を、そして増原社長を見てから言った。「『千住シネマ・ファンの会』のことです」

阿岐本が聞き返す。

「ファンの会……？」

「ええ。こちらの映画館の存続を願って活動されている人たちなんですが、その方たちに誰かが嫌がらせをしているという話を聞きました」

「あ……」

永神が、先ほどの日村と同じような声を洩らした。阿岐本が永神を見る。

永神が言った。

「社長は、もしかしたら、その嫌がらせをしている連中と自分らを間違えられたのでしょうか」

今度は増原社長が戸惑う番だった。

「映画館のことで来たと言いましたよね」

永神がこたえる。

「こちらの阿岐本さんは、傾きかけた事業なんかの立て直しを得意としておりまして。『千住シネマ』をぜひとも存続できるように手を貸してもいいとお考えなのです」

増原社長はしげしげと阿岐本を見つめた。阿岐本はにこやかに社長を見返していた。

「あ、いや……」

増原社長が言った。「私はてっきり……」

そこで言葉を呑み込んだ。

阿岐本が言った。

「この日村の言うとおりだったのですね。まあ、無理もねえです。私らこんなナリですからね」

増原社長が言う。

「いや、そういう方々には慣れているつもりですが……。最近、ファンの会の会長のところに妙な電話がかかってきたり、不気味なメールがきたりするらしいので……」

「そういうことも含めて、詳しくお話をうかがいたいのです」

それでも増原社長はまだ疑わしげな眼を向けてくる。

「そうやって、油断させておいて、ばっさりと斬りつけてくるんじゃないでしょうね」

阿岐本が笑みを浮かべる。

「たしかに、私らの仲間にはそういうことをやる連中もいます。けど、私らは違います。まあ、口で信じてくれと申し上げても、なかなかそうはいかねえでしょうが、とにかく見ていておくんなさいとしか申せませんね」

増原社長は、しばらく無言で阿岐本を見つめていた。やがて、彼は居ずまいを正した。

「どうやら、とんだ勘違いをしたようだ。失礼をいたしました」

阿岐本が言った。

「いやいや、先ほども言いましたが、この永神や日村は、こんなナリですから、誤解されるのも当然です」

自分は棚に上げるのか。

日村は密かにそんなことを思っていた。

「先ほど、『千住シネマ』を存続させるために手を貸していただけるとおっしゃいましたね？」

その質問に、永神がうなずいた。

「そうです。この阿岐本さんは、これまでに出版社や学校、病院、銭湯なんかの経営を立て直してこられたのです」

「ほう……」

増原社長が驚きの眼差しを阿岐本に向けるが、幾分かの不信感も見て取れる。まだ、完全に阿岐本や永神を信用しているわけではなさそうだ。

阿岐本が言った。

「具体的な話に入る前に、いろいろとうかがっておきたいことがあります」

増原社長がうなずいた。

「お話しできる範囲で、おこたえしましょう」

「まず、この先映画館をどうされるおつもりか、社長のお考えをお聞かせいただきたいのです」

増原社長は、一つ溜め息をついた。

「正直に言うと迷っています」

「閉めることもお考えだということですね？」

「もちろん経営者としては、その選択肢もあると考えています。現在映画館だけでは採算が取れない状況ですから……」

「しかし、やってやれないことはないのですね？」

「映画館はわが社の赤字部門です。切り捨てれば、それだけ楽になるのは事実なのです」

　これは、テツから聞いた話のとおりだと、日村は思った。法人税のことを考えれば、赤字部門を抱えているのも悪くはないだろうが、健全な経営という観点からすれば、処分すべきなのかもしれない。

「ですが、なかなか切り捨てられないと……」

「ええ。そちらの方が言われたとおり、ファンの会の方々が熱心に存続を訴えてこられます」

　阿岐本が日村に言った。

「そのことで、他に何か知っていることはあるのか？」

　日村はこたえた。

「『千住シネマ・ファンの会』では、クラウドファンディングなどで資金の調達も考えておられるとか……」

「くらうど……、何だって？」

「クラウドファンディング。なんでも、ネットで出資者を募るんだそうです」

「へえ……。今どきは、そんなんで金集めができるんだ。たまげたもんだ」

すると増原社長が言った。

「そう簡単にはいきませんよ。いつの時代も自分の得にならないような話に、人は金など出しません」

阿岐本が尋ねた。

「じゃあ、ファンの会のくらうどなんとかは、うまくいってないってことですか？」

「うまくいくかどうかは、これからでしょうね。まだ目標額の五パーセントほどしか、金が集まってないようですから……」

「ファンの会は、金を集めてどうしようというんでしょう」

「それを資本金にして、『千住シネマ』をわが社との共同出資で運営していこうということでしょう」

「悪い話じゃないように思えますがね」

「ファンの会の出資金がちゃんと集まれば、それはいい話だと思います。そうなれば、こちらもビジネスとして話に乗ることも考える」

「ビジネスとして、ね……」

阿岐本のその言い方が、ちょっと意味ありげだと、日村は思った。

阿岐本の言葉が続く。

「ビジネスのことだけをお考えなら、映画館はとっくの昔に処分されているんじゃないですか？」

　増原社長がこたえた。

「祖父が作ったものですからね。一時期『千住興業』と言えば『千住シネマ』のことだった時代もありました。映画館が斜陽とはいえ、三代目で潰したとあっては、面目ない思いがあります」

「理由はそれだけですか？」

　妙に絡むなと、日村は思った。阿岐本は増原から何かを感じ取ったに違いない。

　このあたりの阿岐本の嗅覚はとても鋭い。これまで数々の危機をその嗅覚で回避してきたのだ。

　ただ用心深いだけではない。その嗅覚によって相手の弱点を見いだして、攻撃の材料にすることもあるのだ。

　増原社長はたじろいだように、阿岐本から眼をそらし、永神、日村の順に見た。それからおもむろに阿岐本に眼を戻して言った。

「映画館なんて、ビジネスだけでやっていけるもんじゃありません」

　阿岐本が尋ねる。

「……とおっしゃいますと……？」

「一言で申しますと、やはり好きだからやってきたということです」

「映画がお好きなんですね」

「若い頃には、私自身が映写をしたものです」

阿岐本が驚いた顔になった。

「映写技師の資格をお持ちなのですか？」

増原社長が笑った。

「昔と違って、今は映写技師の資格などありません」

阿岐本が興味深そうな表情になって尋ねた。

「そうなんですか？」

「ええ。昔のフィルムは、ニトロセルロースという材料でできていました。これがとても燃えやすく、しかも映写機のライトはものすごく熱を発しましたので、専門の技術がないとフィルムが燃えてしまうのです。一度火がついてしまうと大惨事です。ロールに燃え移ったりしたら、手の施しようがありません。それで資格が必要だったのですが……」

「今は燃えないんですか？」

「一九五〇年代に、セーフティーフィルムと呼ばれるアセチルセルロースのフィルムに変わりました。でも、これ、すごく劣化が早くてですね、さらに一九九〇年代にポリエステル製に変わりました。これは燃えにくく安全です」

増原社長の表情は、先ほどとは別人のように活き活きとしてきた。

「なるほどねえ……。映画の世界も進んでますねえ」

「さらに、今ではフィルムを使うところはごく少数になってきました」

「フィルムを使わない……」

「そうです。デジタルで上映します。ですから、資格を持った技術者どころか、アルバイトでも上映できてしまうんですよ」

「デジタル……」

「はい。DLPといいまして、データで配給されたものを入力してやり、ボタンをポンで上映可能です」

「デジタルで撮影されて、デジタルで配給……」

「まあ、それも時代の流れでしょう。手間がかからなくなるのはいいことだと思いますよ」

増原社長はどこか淋しげだった。

阿岐本は大きく息をついた。

「どんな業界も変わっていくんですね。私は映画館と聞いて、『ニュー・シネマ・パラダイス』みたいのを想像してましたがね……」

増原社長が、はっと阿岐本を見た。

日村は、その反応に驚いた。何か気に入らないことでもあったのだろうかと危惧したのだ。

増原社長が言った。

「『ニュー・シネマ・パラダイス』をご覧になったのですね……」

阿岐本はうなずいた。

「もちろんですよ。何度も観ました。主人公のトトが働いている映画館が焼け落ちるんですが、その原因がフィルムの火事でしたね。それで映写技師のアルフレードが視力を失うんです」

「そう。焼けた映画館の名前が『シネマ・パラダイス』そして、新たに『ニュー・シネマ・パラダイス』が作られるのですが、その資金を出したのが……」

「サッカーくじを当てた男……」

「そうです。彼はその金を映画館に注ぎ込んで、支配人になります。トトはそこでアルフレードに代わって映写技師となります。世は映画の興隆期を迎え、『ニュー・シネマ・パラダイス』は連日満員……」

なんだ、なんだ、この話は……。

日村にはちんぷんかんぷんだった。増原社長と阿岐本が何で盛り上がっているのか、さっぱり理解できない。

阿岐本が増原の言葉を受けて言う。

「都会へ出て、映画業界で成功したトトは、三十年も故郷の村に帰らなかった。そして、アルフレードの死を知り、その葬儀のために故郷を訪れる……」

増原社長が言う。

「すでに村の住人はすっかり入れ替わったと思っていたけど、『ニュー・シネマ・パラダイス』でいっしょだった人たちがアルフレードの葬儀に次々に現れるんです」

「『ニュー・シネマ・パラダイス』は、廃業してしばらく経っていた。そして、トトはそれが爆破される瞬間を見るんですね」

阿岐本の言葉に、ふと増原は沈黙した。

三人は、何事かと増原を見つめた。しばらくすると彼は言った。

「そのシーンなんです」

阿岐本が聞き返す。

「そのシーン……？」

「そう。映画館が取り壊されることになり、爆破されたあの瞬間……。あのシーンがずっと眼の奥に残っているんです。トトは、爆破に先立って、映画館の中を見て回ります。彼が映写技師をやっていたときのままの『ニュー・シネマ・パラダイス』がそこにはあった。切り取ったフィルムも壁にぶら下がったまま。ポスターもそのままです。しかし、その映画館は爆破されて瓦礫《がれき》と化してしまうのです」

「そうでした……」

「そのシーンに『千住シネマ』が重なるような気がしてならなかったのです。『千住シネマ』も瓦礫の山になる運命なのではないかと……」

「もしかして、それをどこかで望んでおられるのではないですか」

増原社長はまた無言の間を取った。阿岐本に言われたことを考えているのだろう。

やがて、彼は言った。

「私がそれを望んでいる、ですか……」

阿岐本がこたえた。

「そうです。トトの思い出とともに、『ニュー・シネマ・パラダイス』が爆破されて瓦礫と化したその瞬間に、あなたは滅びの美学を見いだされた。客足が遠のき、色あせてしまった映画館の営業を細々と続けるより、『ニュー・シネマ・パラダイス』のような見事な引き際を考えておられるのではないですか？」

増原社長は言った。

「そういうことも、考えないではありませんでした」

「わかります」

阿岐本が力強く言った。「それは男の美学にも通じます。つまり、健さんの美学ですね」

「健さん」

増原社長は、目を丸くした。「健さんの映画はお好きですか？」

「私らみたいなモンは、みんな健さんに憧れたことがあります」

俺は違うぞ。日村は心の中で思った。俺はそんな映画を観たことがない。

増原社長が言った。

「なんという奇遇でしょう。今日は、健さんの映画を特集していますよ」

「え……」

今度は阿岐本が目を丸くした。こんなオヤジは滅多に見たことがないと、日村は思った。

阿岐本が尋ねた。

「どの映画です？」

「まずは、『日本俠客伝』そして『日本俠客伝・浪花《なにわ》編』」

「おお……」

「さらに、『昭和残俠伝』と『昭和残俠伝・血染めの唐獅子《からじし》』の四本立てです」

「あ、『日本俠客伝』と『血染めの唐獅子』は……」

増原社長はにやりと笑った。

「やはりお気づきですね。そう、その二本は、どちらも監督がマキノ雅弘で、設定やエピソードが似通っているんです」

「ほとんど焼き直しじゃねえかと、私は思っているんですが……」

「それを見比べる楽しみもありますね」

阿岐本は突然、日村のほうを見て言った。

「おい、映画を観ていこうじゃねえか」

「え……」

日村は慌てた。「社長からいろいろと教えていただかなければならないんじゃないですか？　ロードショーのこととか……」

「そんなのは、後でいいよ。おめえ、健さんの映画、観たことないと言ってたな？」

「ありません」

「そいつはいけねえ。ぜひ観ていこう」

「チケット代はけっこうですから、ぜひご覧になってください」

増原社長にもそう言われて、日村は断るわけにいかなくなった。

6

永神がそわそわした様子になって言った。

「アニキ……、いや、阿岐本さん。自分はちょっと用事があるんで、映画はまたにさせてもらう」

阿岐本は永神に言った。

「おめえの悪いところは、その余裕のなさだ」

「貧乏暇なしなんだよ」

「余裕のねえところに金は寄ってこねえよ」

「そう言うけどね……」

「まあいい。今日のところは急な話だからな」

「すまねえ」

「ただし、おめえにも聞いておきたいことがある。今度、改めてな……」

「聞いておきたいことって……？」

「だから、改めてと言ってるんだ」

そして阿岐本は、笑顔になって増原社長に言った。

「映画は何時からですか？」

増原社長が時計を見て言った。

「今、『昭和残俠伝』の第一作をやっているところですね。三時から『血染めの唐獅子』をやる予定です。そして、五時十五分から『日本俠客伝』の本日二回目の上映となりますね」

「そりゃあ、ちょうどいい。今話題になった『血染めの唐獅子』と『日本俠客伝』を続けて観られるわけだ」

「そういうことになります」

日村は慌てて言った。

「二本も観るんですか？」

「こんな機会は滅多にねえよ」

阿岐本が言った。「チャンスってのは、大切にするもんだ。それで人生、変わってくるんだ。いいか、誠司。この際言っておくがな。今までの人生がつまんねえモンだったからって、この先もそうだとは限らねえ。それを決めるのは、チャンスをぼうっとしていて見逃すか、大切にするかだ。人生はそれの積み重ねだ」

「はあ……」

阿岐本は、日村に言う振りをして、実は増原社長に言っているのではないか。ふと、そんな気がした。

「では、映画館にご案内しましょう」

阿岐本は頭を下げた。

「社長自ら、すいません」

「いえ……。先ほども申しましたように、私は昔、映写をしていたこともあるんです。映画館は仕事場というより、楽しみの場ですから……」

事務所を出て一階の映画館の入り口にやってきた。入場券の自動販売機があり、半券を切り取る係のカウンターがある。モギリというのだろう。

「じゃあ、自分はここで」

永神が言った。阿岐本がうなずく。

「ああ、またな」

去っていく永神の後ろ姿を見ながら、なんと要領がいいのだろうと、日村は思っていた。阿岐本は、余裕がないと言っていたが、忙しく動き回るのが永神のやり方なのだ。

増原社長が、モギリのカウンターのところまで来て言った。

「入場券はけっこうですので、どうぞお入りください。四本立てですし、特に入れ替えはございませんので、どうぞ心ゆくまでお楽しみください」

「入れ替えなしですか。昔の名画座のようですね」

「ええ。新作だけでなく、今日のように古い映画も上映しますから、名画座の役割も果たしていると思います」

「では、楽しませてもらいます」

阿岐本が言うと、増原社長は礼をしてその場を去っていった。事務所に戻るのだろう。ウィークデイの昼間だから、仕事があるのが当然だ。

すぐに座席に着くものと思っていたら、阿岐本はロビーにあるベンチに腰を下ろした。日村は尋ねた。

「どうしました？　入らないんで……？」

「前の回の上映がまだ終わってねえ。今入ったら、観客の皆さんに迷惑がかかる」

「あ、そういうもんなんですね」

「そういうことを気にせずに途中で入場してくるやつもいるが、そいつはいけねえな。終盤の十五分ってのは、映画で一番大切な時間だ。いわゆるクライマックスってやつよ。観客は画面に集中したいんだ。それを邪魔しちゃいけねえ」

「おっしゃるとおりですね」

「風呂屋もそうだが、映画館も公徳心ってやつを学ぶ場なんだ」

公徳心。

最近、とんと聞かない言葉だ。小さい頃は学校でそんなことを言われた気がする。しかし、ヤクザが「公徳心を学ぶ」なんてことを言っているのを、堅気が聞いたらどう思うだろう。

逆に言うと、今どき「公徳心」などと言うのは、ヤクザくらいなものなのかもしれない。誰も彼もアメリカ流の個人主義が恰好いいと思っているらしい。

人の眼を気にしすぎるのは愚かだろう。だが、まったく気にしないのもどうかと思う。電車の中であぐらをかく女子高生とか、化粧をする若い女たち。ネットにアップするために、悪さをするアルバイトの若者。

たしかにこの国は、だんだん生きづらくなっているような気がする。日村はそんなことを思っていた。

そう言えば、稔が映画館ではポップコーンを食べるのがいいと言っていた。日村はいちおう気を遣って尋ねた。

「あの……。ポップコーンとか、買ってきましょうか」

阿岐本はにっと笑って言った。

「おめえ、映画館とは縁がなかったとか言いながら、なかなか知ってるじゃねえか」

「いえ……。稔が言っていたんです」

「ハリウッド映画だったら、ポップコーン食べながら観るのも悪かねえがな。任侠映画には似合わねえ。何も食わず、何も飲まず、ただひたすらスクリーンに集中するんだ」

「わかりました」

やがて、前の回の映画が終了した。任侠映画なんて、どんな連中が観ているのだろうと、ちょっと興味があった。

観客席から出て来た人々は、普通の若者が多い。大学生くらいだろうか。年配の男性は、おそらく定年退職者だろう。昔好きだった任侠映画を見直して懐かしんでいる、といったところだろうか。

年配女性は高倉健のファンかもしれない。驚いたことに若い女性の姿もあった。

もしかしたら、同業者がいるのではないかと思ったが、そういう連中は一人もいなかった。観客たちは、リアル任侠がベンチに腰かけているのに、気にかけた様子もなかった。もしかしたら、スクリーンの中の世界と現実がごっちゃになっているのかもしれないと、日村は思った。

「行こうか」

阿岐本に促されて、観客席に向かう。

「映画ってのはな、最前列は見づらいんだ。なにせスクリーンってのはでけえからな。見上げる感じで、疲れちまう。だからといって、後ろのほうだと迫力に欠ける。その兼ね合いが難しいんだ」

オヤジの蘊蓄《うんちく》を聞きながら、あとについていく。結局、中程からやや前の席に座った。座席は古かった。だが、座り心地が悪いわけではない。

席の埋まり具合は、二割と言ったところか。つまり五席のうち一席だけが埋まっているという感じだ。

これでは、採算が取れるわけがない。日村はそう思っていた。だが、時間が経つにつれてだんだんと席が埋まってきた。そして、上映時間までには、半分以上が埋まっていた。

日村が周囲を見回しているのに気づいた様子で阿岐本が言った。

「思ったより入っているな。任侠映画は人気があるらしい」

「でもこの程度じゃ、とても立て直しというわけには……」

「まあ、おいおい考えるさ。それより、映画、よく観ておけよ」

「はい」

場内が暗くなった。健一が言っていたとおり、たしかになんだかわくわくしてきた。

予告などなしに、いきなり本編が始まった。岩に砕ける波。そこに三角のマークと『東映』の文字。

冒頭に歌が流れる。聞いたことがあった。『唐獅子牡丹』だ。歌っているのは、高倉健だろう。そして、映画が始まる。少し色あせたような画面。そして、画面にちらちらと傷や埃のようなものが混じる。

しかし、テレビで観るのとはまた違った質感を感じる。滑らかで潤いのある画面だと、日村は感じた。

昭和初期の話だろう。舞台は上野・浅草あたりだ。鳶《とび》の一家の話だった。

日村はたちまち物語に引き込まれた。そして、途中で高倉健演ずる小頭《こがしら》の秀次郎が兵役から帰ってくるあたりから、映画に没頭していた。

オヤジのことも、『千住シネマ』立て直しのことも忘れていた。ただ、スクリーンを見つめるだけだ。

高倉健の一挙手一投足に眼を奪われた。

気がつくと、『昭和残侠伝・血染めの唐獅子』は終わっていた。客席の照明が点《とも》っても、日村は呆然と席に座ったままだった。

た。

その声にはっと我に返った。座席の脇に増原社長が立っており、二人に声をかけたのだっ

「いかがでした？」

阿岐本が言った。

「社長、どうされたのです？」

増原社長が照れ臭そうに言った。

「私も、改めて観てみたくなりましてね。後ろのほうで今の回を観てたんです」

そして阿岐本は日村に言った。

「いやあ、やっぱりいいですな」

「なあ、おめえもそう思うだろう」

「あ、はい……。あの……」

言葉が出てこない。すでにどっぷりと健さんにはまっている。この気持ちはどんな言葉でも言い表せそうにないのだ。

増原社長が言った。

「次は『日本俠客伝』の一本目です」

阿岐本が言った。

「実は私はこれが好きでしてね……。いや、脚本とか映画の完成度とかで言うんじゃないんです。これが最初に観た健さんの映画だったんです。それで印象が強いんですね」

「わかります。兵役を終えて帰ってくる健さんの制服姿もかっこいい」

「そうなんですよ」

日村はただ、ぼうっとしたままで二人の会話を聞いていた。

「では、私も観ていくことにしましょう」

そう言って増原社長は会釈し、その場を去っていった。後方の座席に戻ったのだろう。

「俺はションベンに行ってくるぜ」

阿岐本が言ったので、日村も慌てて席を立った。

「あ、お供します」

「そうだな。おめえも用を足しておけ。映画の途中でもよおしちまっちゃ、集中できねえからな」

二人で用を足した。

席に戻ると、ほどなく『日本俠客伝』が始まった。

岩場に砕ける波。そして、三角のマークに『東映』の文字。それだけで、期待が一気に高まる。

この映画にも、たちまち没頭した。観ているうちに、阿岐本と増原が言っていたことがわかってきた。

『昭和残俠伝・血染めの唐獅子』と設定やエピソードがそっくりなのだ。だが、そんなことはどうでもよかった。

とにかく健さんなのだ。その語り口、眼差し、たたずまいに魅了された。

『日本侠客伝』も、あっと言う間に終わってしまった。日村はそう感じていた。

座席でしばらく余韻に浸っていたかった。だが、阿岐本が動き出したからにはそうもいかない。

オヤジは立ち上がり、増原社長の姿を探している様子だ。増原は観客席の出口のあたりにいた。

彼に近づくと、阿岐本が言った。

「堪能させていただきました」

「私も久しぶりに楽しみました」

「お見受けしたところ、お客さんがそこそこいらっしゃるようですが……」

「企画次第ですね。健さんの任侠モノは今でも人気があります」

そうだろう、と日村は思った。

人気がないはずがない。封切り当時はたいへんな人気だったに違いない。

ヤクザをやっていながら、これまで任侠映画をどこかばかにしていた。現実があまりに厳しく、映画でまで見せられたくはないと思っていたのだ。

阿岐本が言った。

「こんな楽しみを提供できる映画館を、なくしちまうのは惜しいですね」

増原社長がこたえた。

「おっしゃるとおりです。しかし、世の中ままならないものです」

「いろいろとお話をうかがいたいのですが……」

増原社長はロビーを見回してから言った。

「私もいろいろと考えたいことがあります。また改めて、ということにさせていただけますか」

「もちろんです。連絡をお待ちしていますよ」

「今日はわざわざお運びいただいて、ありがとうございました」

「いえいえ、映画を楽しませていただきました」

増原社長と別れて、映画館を出た。日村は稔に電話をして、車を持ってくるように言った。稔はどこか近くの駐車場にいるはずだ。あるいは駐車禁止の違反切符を切られないように、こまめに移動を繰り返して連絡を待っているのかもしれない。

車はすぐにやってきて、日村は助手席に、阿岐本は後部座席に座った。

まだ映画の余韻があった。自分が昭和初期の町中にいるような気がしてきた。

突然阿岐本が言った。

「誠司、健さんはどうだった？」

日村はこたえた。

「驚きました。これまで食わず嫌いでした」

「……てえことは、気に入ったってことだな？」

「はい」

「え……」

稔が言った。「映画を観てこられたんですか？」

日村は言った。

「黙って運転してろ」

オヤジの手前、若い衆には厳しくしていなければならない。

阿岐本が言った。

「まあ、いいじゃねえか。ちょうど健さんの任俠映画をやっていてな。観せてもらったんだ」

「任俠映画ですか。いいですね」

「誠司も気に入ったようだ」

「そうですか」

それから阿岐本が日村に言った。

「男は我慢だ。それがよくわかっただろう」

「はい」

「もちろん、映画で描かれている世界は絵《え》空事《そらごと》だ。けどな、学ぶべきことはたくさんある」

「はい」

「おめえは、はいしか言えねえのか」

「すいません」

「あ、てめえ、健さん入っちまってるな」

「いえ、そんなことは……」

「いいんだよ。映画観た後ってのはそういうもんだ。みんな映画館出てくるときは健さんになってるんだよ」

「自分は……」

　日村は言った。「あの時代がうらやましいと思いました」

「うらやましい……？」

「映画の中の組員たちはみんな揃いの半被《はっぴ》を着ていたじゃないですか。ヤクザであることに誇りを持っていて、地域の住民もそれを認めている……」

「揃いの半被か。たしかにあれはうらやましいな。ヤクザがヤクザらしかった時代なんだろう。だが、うらやましがったり懐かしんだりしていても始まらねえ」

「おっしゃるとおりです」

「今はそういう時代じゃねえ。でもな、任侠映画の中の心意気だけは真似したいと思ってるんだよ」

「はい」

「ところで、誠司。増原社長が煮え切らないのは、なぜだろうな……」

　突然話が変わり、気分が現実に引き戻された。いつまでも映画の余韻に浸ってはいられない。

「何かを恐れておいでなのではないでしょうか」

「どうだろうな。あの人は見かけによらず、肝が太いと、俺は睨んだがな……」

「びびっているわけではない、と……」

阿岐本はしばし考え込んでから言った。

「ファンの会について、調べておけ」

日村はこたえた。

「テツに調べさせています」

阿岐本が言った。

「事務所に戻って、テツから話を聞こう」

余韻に浸っている場合ではないと思いながらも、日村はまるで映画の中にいるような気がしていた。

7

事務所に戻ったのは、午後八時頃のことだ。健一、真吉、テツの三人が顔をそろえている。彼らは、「ごくろうさんです」と声をそろえて阿岐本たちを迎えた。

日村はテツに言った。

「『千住シネマ・ファンの会』について、これまでにわかったことを、オヤジに報告するんだ」

テツは、度の強い眼鏡の奥の小さい眼を瞬かせて、しばらくぼんやりと日村を見ていた。普通のヤクザ事務所なら、こんな子分は、たちまちタコ殴りにされる。だが、テツは特別だ。こういうとき、彼の頭脳は目まぐるしく回転しているはずなのだ。日村も阿岐本もテツが何か反応するまで待たなければならない。

やがて彼は言った。

「ええと……。ファンの会ですね……」

彼は何も見ずに、昨日、日村に語ったのとまったく同じことを阿岐本に話した。その記憶力と几帳面《きちょうめん》さには、いつも舌を巻く思いだ。

話を聞き終わると、阿岐本がテツに質問した。

「その、くらうどなんとかってので、金が何とかなるのか？」

「うまくいく場合と、そうでない場合があります」

当たり前のこたえだ。だが、テツに気のきいたこたえを期待しても無理だ。その代わり、彼の言葉に嘘や粉飾はない。

阿岐本がさらに言う。

「『千住シネマ』の社長さんは、まだ目標額の五パーセントほどしか集まっていないと言っていた」

「そんなものだと思います」

「目標額は集められないということか？」

「現状ではかなり難しいでしょう。地域の住民の中には、『千住シネマ』の存続を願う人もいるでしょうが、他の地域の人にとっては所詮他人事ですから……」

「けど、うまくいくこともあるんだろう？」

「アーチストやアイドルについての出資者を求めるような場合は、けっこう成功していますね。この場合、自分がアーチストやアイドルを育てるのだという充足感を得られますから……」

「うーん……」

阿岐本は考え込んだ。「何とか、そっちの方向に持っていけるといいんだがなあ……」

この言葉に対してテツは何もこたえない。彼は必要のないことは決してしゃべらない。

阿岐本の質問が続いた。

「ファンの会の代表者が脅されてるんだって？」

「はい。ＳＮＳで、代表者がそのような内容のことを書き込んでいました」

「相手は何者だろうな……」

「船渡川さんは、それについては何も触れていません」

「船渡川……？　ああ、会長の名前だったな」

「はい」

「相手が何者か調べられねえか？」

「ネットだけでは無理だと思います」

オヤジに対して「無理」などと言えるのも、テツだけだ。

「ふうん……」

阿岐本は考え込んだ。「会長に直接会って話を聞きてえところだが……」

日村は言った。

「誰かに脅しをかけられているんですよね。俺たちが会いにいったって、警戒されるだけでしょう。警察を呼ばれるかもしれませんよ」

「そこだよなあ……」

阿岐本が言った。「さっき、『千住シネマ』の増原さんも、勘違いしてたからなあ」

日村は言った。

「増原さんに口をきいてもらっちゃどうでしょう？」

阿岐本はしばらく考え込んでからこたえた。

「いや、物事には、正々堂々とやるべきことと、誰にも知られないようにやるべきことがある。こいつは、誰にも知られないようにやる必要がある」

「なぜです？」

「万が一、船渡川さんを脅しているのがヤクザだとしたら、こっちの素性を知られたくねえ」

「なるほど……」

阿岐本の懸念はもっともだと、日村は思った。ヤクザ対ヤクザということになれば、かなり面倒だ。

今やたいていの組は、広域暴力団の傘下だ。阿岐本組のような一本独鈷《いっぽんどっこ》は絶滅危惧種と言ってもいい。

どこかの組を相手にするということは、その背後にいる広域暴力団をも相手にするということになりかねない。

日村は阿岐本に尋ねた。

「じゃあ、どうします？」

「そうさなあ……」

阿岐本は天井を仰いだ。

そのとき、出入り口で大きな声がした。

「こんばんはー」

日村はびっくりしてそちらを見た。

坂本《さかもと》香苗《かなえ》だ。近所に住む高校生で、制服姿だった。

日村は彼女に言った。

「どうやって入った？　鍵はどうした？」

「え？　鍵なんてかかってなかったよ」

日村は稔に言った。

「どういうことだ？　なんで鍵が開いてるんだ。これがカチコミだったらどうするつもりだ」

稔がこたえた。

「すいません。でも、最後に入られたのは、代貸だったと思いますが……」

日村は舌打ちしてから、香苗に言った。

「ここは高校生が来るところじゃないって、何度も言ってるだろう。しかも、制服で……」

「別にいいじゃない」

「よくはない。ここをどこだと思ってるんだ」

「おじいちゃんは、ここの人たち、悪い人じゃないって言ってる」

「いい人とか悪い人とかいう問題じゃない。俺たちと関わりを持つと、排除条例違反で捕まるぞ」

「排除条例は、主に事業者の契約についての規定でしょう？」

今時の高校生はあなどれない。

「こんな時間に、何しに来たんだ」

「塾の帰りに、変なやつにあとつけられてさ。面倒だから、ここに飛び込んだわけ」

「変なやつ……？　危ない目にあったのか？」

「同じ塾のやつで、別の学校なんで話をしたことはないんだけど……」

真吉が言った。

「ストーカーかな。香苗ちゃん、かわいいからな」

真吉はこういうことを臆面もなく言える。

日村はその真吉に言った。

「おい、ちょっと周りの様子を見てこい」

「はい」

真吉はすぐに事務所を出ていった。

そのとき、阿岐本が言った。

「お嬢、映画に興味はねえかい？」

香苗はきょとんとした顔でこたえる。

「映画？　あんまり映画館とか行かないなあ……。ネット配信の動画でも、ドラマ観るほうが多いかな……」

「千住に小さな映画館があってな。そこが潰れそうなんだ」

香苗の眼が輝いた。

「親分さん。ちょっとその話、詳しく聞かせて」

日村はそれを聞いて目眩《めまい》を起こしそうになった。

阿岐本が香苗に話をするのをじっと聞いていた日村だったが、さすがに黙っていられなくなって発言した。

「すいません、オヤっさん」

阿岐本が日村を見た。

「何だ、誠司」

「ちょっと、それは……」

「何がちょっとだ？」

「香苗にスパイをやらせようってことでしょう。そいつはどうも……」

「人聞きが悪いな。俺は、お嬢に潰れそうな映画館を救うことに興味はねえかって尋ねているだけだ」

「そうよ」

香苗が言った。「面白そうな話じゃない。銭湯の次は、映画館なの？　そのファンの会とかいうのに入って、話を聞けばいいんでしょう？」

日村は香苗に言った。

「俺たちと関わりを持つと、面倒なことになるぞ」

「面倒なことって？」

「ご家族が迷惑することになりかねない」

「だいじょうぶよ。おじいちゃんが味方になってくれるから」

「そういう問題じゃないんだ」

「じゃあ、どういう問題なの？　どうして同じ町にいる人と仲よくしちゃいけないわけ？」

「あんたらと俺たちは違うんだよ」

「どう違うの？」

日村は、先ほど観た映画を思い出していた。ヤクザたちは皆、組の名前が入った半被を着て堂々と町を歩いていた。

町の人々もそれを平気な顔で受け入れていた。彼らは地域と共に生きており、地域の住民が彼らを慕ってさえいた。

大昔の話ではない。昭和の時代の話だ。

その光景が頭から離れず、香苗の質問にこたえるのが辛かった。

「俺たちはヤクザなんだ。普通の人は俺たちを怖がる。どうしておまえは怖がらないんだ？」

「怖がる理由がないからよ。親分さんは、いつも人助けをしているじゃない」

人助けか……。そいつは困った道楽なんだ。そう思ったが、阿岐本の前でそんなことは口が裂けても言えない。

香苗は、俺たちの本当の姿を知らない。いざとなれば、いくらでも残忍になれる。それがヤクザだ。

日村は若い頃にはさんざん人に迷惑をかけた。健一や稔だってそうだ。阿岐本だって、若い頃はそうとうな無茶をやったはずだ。

阿岐本が香苗に言った。

「誠司のやつはな、お嬢のことを心配してるんだよ」

「心配とか言って束縛するのよね。親も学校の先生もそう」

「そりゃそうだ。子供は束縛しねえと、何をしでかすかわからねえからな」

「あら、親分さんも、そんなこと言うの？」

「こいつらを見なよ。大人からちゃんと束縛されなかったからこんなふうになっちまいやがって、今は俺に束縛されることになっちまった。そうでなけりゃ、こいつら刑務所に束縛されていただろうよ」

香苗は日村や若い衆を見回して、しみじみとした口調で言った。

「束縛って、ある程度は必要なのね……」

そりゃ、どういう意味だ。日村はそう思ったが、何も言わなかった。

阿岐本が言った。

「誠司は心配性なんだ。気にするこたあねえよ。それよか、どうだい。『千住シネマ・ファンの会』は興味あるかい」

「ある、ある」

香苗は眼を輝かせた。「それで、会長の船渡川さんという人から、いろいろと話を聞いてくればいいんでしょう?」

「無理にとは言わねえよ。お嬢も、勉強とか忙しいんだろう」

「そうでもないよ。部活も特にやってないし」

「こんな時間まで塾に行ってるんだろう。忙しいじゃねえか」

「だいじょうぶ。塾なんてサボれるから」

「ほらな。ちゃんと束縛しねえと、子供はすぐに楽をしたがる」

「やることにプライオリティーをつけてるだけだよ」

「お、難しい言葉を知ってるじゃねえか」

「子供をなめちゃだめよ」

「そうかもしれねえな」

「ファンの会のこと。まず、ネットとかで調べてみる。入会の条件とか方法とか……。進展があったら、連絡するわ」

「すまねえな」

「別に親分さんが謝ったり礼を言ったりすることはないよ。あくまでも、私が興味を持ったからファンの会に入会する。そういうことでしょう」

「ああ、そうだな」

「じゃあ、私はそろそろ失礼します」

いつの間にか真吉が戻ってきていた。

日村は真吉に尋ねた。

「変なやつはいたか？」

「いえ、だいじょうぶです。組事務所だと知って慌てて姿を消したんじゃないですかね」

それを聞いて、香苗は出入り口に向かった。

「じゃあね」

日村は真吉に言った。

「ちゃんと送ってやれ」

「はい」

二人が出ていくと、阿岐本が言った。

「誠司、ちょっと来てくれ」

阿岐本は上の住居ではなく、事務所の奥の組長室に向かった。

叱られるのだろうな。そう思いながら、日村は阿岐本に続いた。おそらく香苗のことだろう。

たしかに俺は出過ぎたことを言ったかもしれない。だが、間違ったことは言っていないと思った。それでも叱られたら、黙って聞いていようと思った。

親には逆らえない。それがこの世界の掟だ。

部屋に入ると、阿岐本は机に向かうのではなく、ソファに座った。

「おめえも座んな」

「はい……」

日村は、阿岐本の向かいを避けて、ソファに浅く腰かけた。背中をぴんと伸ばしている。

阿岐本が言った。

「そんなにしゃちほこ張ることたあねえだろう。ここには俺とおめえしかいねえんだ」

「はい」

「まったく……。はいしか言えねえのか」

「いえ……」

「ファンの会を脅しているやつだがな……」

「は……？」

どうやら叱られるのではなさそうだ。

「ヤクザだとしたら、俺たちも腹をくくらなけりゃならねえな」

日村は阿岐本を見た。阿岐本の眼はいつになく本気モードだ。

「事を構えるということですか」

「こっちにその気がなくても、そうなることもある」

日村はまた、先ほど観た健さんの映画を思い出していた。敵対する組は理不尽な妨害や嫌がらせをしてくる。耐えに耐えた健さんが最後には腹をくって殴り込むわけだ。

「わかりました。そのときは自分が……」

「ばか。健さんを気取ってんじゃねえよ。誰が手を出せって言った。頭を使うんだよ。それが阿岐本組の喧嘩だ」

「頭を使う……」

「若い衆にも、そのへん、きっちり言っておけ」

「わかりました」

本当は、どうすればいいのかわかっていない。だが、こうこたえるしかないのだ。

「ヤクザが素人を脅しているとすれば、金が絡んでいるな……」

「金……」

「それも、おそらくハンパな金じゃねえ」

「クラウドファンディングで集める金が目当てでしょうか」

「それなら、脅したりはしねえだろう。脅すってことは、会の活動を邪魔したいってことだろうからな」

「そうですね」

「ま、会長の船渡川の話が聞ければ、何かわかるかもしれねえ」

「はい」

香苗にスパイの真似事をさせるのは、やはり間違いだと日村は思った。文句を言うつもりはさらさらないが、どうもその思いが態度に現れたようだ。

阿岐本が言った。

「心配するな、誠司。お嬢はだいじょうぶだ。おまえが思っているより、ずっとしっかりしている」

「いや、自分は何も……」

「子供はきっちり躾けなきゃならねえ。だが、同時に信じてやらなくちゃな」

少年時代、大人から信じてもらえたことなどなかった。日村は大人たちを疑い、憎み、そして蔑《さげす》んでいた。だから、徹底的に抵抗した。

学校の教師にも、警察官にも、少年院の教官にも、そして、街のチンピラたちにも……。

そんな日村少年だから大人たちが信じるはずがない。

日村は札付きの不良で、孤立していた。初めて信じてくれたのは、阿岐本だった。

彼はすさみきっていた日村を無条件で受け容れた。氷が融《と》けるようにゆっくりと日村の心は開いていった。阿岐本が信じてくれたからだ。

日村は言った。

「すいません。自分はなかなかオヤっさんのようにはなれません」

「なれるさ」

阿岐本はあっさりと言った。「あの健一や稔が慕ってるんだ」

日村は何を言っていいかわからず、黙っていた。

「さて……。俺はそろそろ引きあげるか」

阿岐本が立ち上がった。日村も同時に立ち上がる。「おめえも、帰《けえ》んな」

阿岐本は組長室を出て行った。

8

翌日、午前十時頃に事務所にやってくると、健一が言った。

「あ、代貸……。今、電話しようと思っていたんです」

「何事だ？」

健一が来客用のソファのほうに眼をやった。日村もそちらを見る。

北綾瀬署のマル暴、甘糟がいた。見知らぬ男がいっしょだ。

日村は健一にうなずきかけて、甘糟に近づいた。

「おはようございます。こんな時間から、どうなさいました」

甘糟といっしょにいた男が立ち上がったので、甘糟も慌ててソファから腰を上げた。

見知らぬ男は、身だしなみがきっちりしていた。紺色の背広にグレーのネクタイ。ワイシャツは白だ。散髪に行ってきたばかりのように髪をきっちりと整えている。見るからに真面目そうな男だ。

甘糟が言った。

「あ、紹介するよ。新任の仙川《せんかわ》修造《しゅうぞう》係長だ」

仙川係長は、にこりともせずに言った。

「うちの管内で、まだこのような事務所が存続しているとは驚きです」

日村は言った。

「別に驚かれるようなことをしているつもりはありませんが……」

仙川が言いたいことはわかっている。今どき組の看板を掲げていること自体が許せないのだ。

甘糟は、はらはらした顔をしている。暴対法と排除条例があるのに、いったいこれまで何をしていたのだと言われたに違いない。

仙川係長が立ったまま言った。

「一昨日、鮨を注文したそうですね」

なるほど、『矢七寿司』の一件は、この係長のせいか……。

「しましたが、何か……?」

「今後はそういうことができないように、飲食店にはしっかりと指導していくつもりです」

「ご指導なさるのは、そちらの自由です。でも、その指導に従うかどうかも自由ですよね」

「従いますよ」

「『矢七寿司』の大将とは長い付き合いです。これからも変わらないお付き合いをしてくれるはずです」

「今まではそうだったかもしれません。しかし、これからはそうはいきませんよ」

「ほう……。この町の伝統や住民の交流をぶち壊すとおっしゃるのですか?」

「その伝統や人々の交流が、法に照らして正しいものなら何も言いません。しかし、法に抵触するのなら、容赦なく摘発します」

こいつは典型的な役人タイプだと、日村は思った。法がすべてだと信じているのだ。こういうやつは、決して迷ったり思い悩んだりはしないのだろう。何事も法の条文どおりに判断すればいいのだ。

法律なんて穴だらけだ。裏社会を生きてきた日村はそのことを熟知している。頭が回るやつほど、グレーゾーンが多いことを知っている。

だが、頭の固いやつには条文がすべてなのだ。この仙川係長の頭はすこぶる固いに違いないと、日村は思った。

「自分ら、法に背くようなことはしていませんよ。そりゃあ、昔はみんないろいろありましたがね……。今はまっとうにシノギをやってるんです」

「あなたたちが看板を掲げて仕事をするだけで違法なんですよ」

「そりゃあ、法律のほうがおかしい。地域の人たちだって自分らを頼ることがあるんです」

「困ったことがあれば、あなたたちではなく、行政が対処します」

典型的な役人の発想だ。

行政がカバーしきれないからこそ、住民は俺たちを頼るのだ。そう言ってやりたかったが、それでは売り言葉に買い言葉だ。

こういう連中は自分のことを優秀だと思っているから、おそらく口は達者だろう。日村はヤクザだから言い合いで負けるとは思わないが、無駄な時間を費やすことになる。

日村は尋ねた。

「ご用は何でしょう」

用があるなら、さっさと済ませてほしいと思ったのだ。

仙川係長が言った。

「昨夜、女子高生がここに連れ込まれたという知らせがありましてね……」

「は……？」

香苗のことだろう。

「そういう事態は看過できないんですよ」

「カンカ……？」

「見過ごしにできないということです」

「自分ら何もしていません。彼女が勝手に訪ねてきたんです」

仙川係長が鼻で笑った。

「そんなばかな話を誰が信じますか」

「信じようが信じまいが、事実ですから」

「ここは、堂々と看板を掲げている暴力団の事務所ですよ。そこに、自ら女子高生が訪ねてきたというのですか？　そんなこと、あるはずがない」

「まあ、普通はそう思いますよね。しかし、本当のことですから」

「暴力団が女子高生を事務所に連れ込んだとなれば、これは大きな事件となります」

「当人に確認を取れば済む話です」

「そうはいきませんよ」

「は……？」

「ここに連れ込まれたという当該人物の供述は信用に値しません」

日村は眉をひそめた。

「どういうことです？」

「暴力団員に脅されて、嘘の供述をする恐れがあります。ですから、供述と事実が異なる恐れがあるのです」

「本人の供述を信じないなんて、そんなばかな話がありますか」

「信憑性のない供述は証拠として採用はできません」

ああ、そうか。こいつはそういうやつだ。

自分の都合のいい証拠だけを提示して、都合の悪い証拠は隠したり改竄《かいざん》したりするやつらがいる。例えば、検察はそんなやつらばかりだと思ったほうがいい。

だから起訴されたら、九九・九パーセント有罪にされてしまう。検察官にとって、本当に犯人かどうかはどうでもいい。有罪にすることが大切なのだ。

そんなことはないと言う人もいるかもしれないが、ヤクザの日村からすれば、そう見えるのだ。

仙川係長がそういう類《たぐい》のやつだとしたら、何を言っても無駄だ。警察官は誰かを逮捕しようと思えば、いくらでもできる。

テレビを観ていると、ワイドショーでコメンテーターが、鬼の首でも取ったように犯罪者を批判したりする。たいていの視聴者はそれに同調する。

誰も、自分が犯罪者にされたときのことを想像しない。だが、犯罪者とそうでない者を分ける垣根は普通に考えるよりもずいぶんと低いのだ。

言い換えると、人はいつ犯罪者になるかわからない。さらに、警察によって犯罪者にされるのは、実際に犯罪者になるよりもっとずっと簡単だ。

もし、警察や検察が誰かを犯罪者にしようとする。どんな善人でも違反や違法行為をしているものだ。それをネタに逮捕する。どんな微罪でも構わない。自宅にナイフを持っているとか、パソコンの中に児童ポルノと思しき動画が入っているとか、そんなことだ。

身柄を取ってしまえば、あとは人質司法と呼ばれる勾留《こうりゅう》、さらに勾留延長の繰り返しだ。

勾留延長の期限が来れば、再逮捕。そしてまた勾留と勾留延長だ。そこで、逮捕の理由となった微罪とは別の犯罪について追及される。いわゆる別件逮捕というやつだ。

こんなことをされれば、たいていの人は精神的に参って、嘘の自白をしてしまう。検察が何よりほしいのはこの自白なのだ。

自白があれば、起訴に持ち込める。そして、裁判官はよほどのことがない限り、起訴された者に無罪判決は出さない。

……というか、裁判官は無罪か有罪かの判断などしない。量刑のことしか考えないのだ。

無罪かどうかなどを考えていては、いつまで経っても仕事が終わらないからだ。

警察や検察はこのように、誰かを犯罪者に仕立てようとすればできてしまうのだ。

「詳しい話を聞きたいので、署まで来てもらいましょう」

こいつは組をつぶしに来ている。そのために、オヤジの身柄をなんとしても押さえたいのだ。

オヤジを刑務所に送るわけにはいかない。いや、刑務所に行く前に、延々と勾留されるに違いない。

オヤジにそんなことをさせてたまるか。ならば、俺が……。

日村は言った。

「わかりました。ご同行……」

そこまで言ったとき、真吉が大声で言った。

「自分です」

日村は真吉のほうを見た。

「おまえ、何を……」

「その女子高生を組事務所に連れ込んだのは、自分なんです。代貸は何も知りません」

仙川係長が冷ややかな眼を真吉に向けた。

「あなたじゃ話になりませんね。もっと責任が持てる人に来てもらわないと……」

真吉はさらに言った。

「自分がやったことです。他の者は誰も事情を知りません。事情を知らない人を引っぱっていっても仕方がないでしょう」

「ふん……」

仙川係長が言った。「下っ端が身代わりで捕まるってのは、この世界の常套《じょうとう》手段でしょう。私にそういうのは通用しませんよ」

「本当に、自分がやったことなんです」

すると、それまで黙っていた甘糟が、おずおずと言った。

「あのう……。ここは、事情を知っているという志村に同行してもらってはいかがでしょう」

仙川係長が甘糟を睨んだ。甘糟は、それだけで、まるで怒鳴られたかのように首をすくめた。

「志村というのですか、この下っ端は」

「はい。志村真吉です」

「彼を引っぱっていってどうなると言うのです？」

「少なくとも事情を知っているでしょう。他の者は事情を知らないという彼の言葉は無視できないでしょう」

甘糟は泣きそうな顔をしながらそう言った。上司に異を唱えている。彼としては、これが精一杯だろう。

情けない刑事だが、このときばかりはありがたいと、日村は思った。

仙川係長は、しばらく考えてから言った。

「いいでしょう。今日のところはそういうことにしましょう。では、志村真吉の身柄を引っぱってください」

甘糟は、さらに泣きそうな顔になって言った。

「任意同行ですよね？」

仙川係長が冷たく言った。

「そんなことは言わなくてよろしい」

結局、真吉が連れていかれた。


「オヤジはどこだ？」

日村は健一に尋ねた。

「まだ自宅におられます」

日村は携帯電話を取り出して電話した。呼び出し音五回で阿岐本が出た。

「どうした、誠司」

「真吉が引っぱられました」

「何やらかした」

「香苗の件です」

「お嬢の件？　待ってろ。今下に行く」

「はい」

電話が切れた。それからほどなく、阿岐本が下りて来た。部屋着代わりの作務衣《さむえ》のままだ。

「誠司、話を聞こう」

阿岐本はそう言うと、組長室に入った。日村もそれに続いた。

阿岐本は机に向かって腰を下ろした。日村は立ったままだった。ドアを閉めると、日村は言った。

「新任の係長がやってきました。仙川という名です」

「それで？」

「女子高生を組事務所に連れ込んだのは、許しがたいと言って……」

「それで、何で真吉が引っぱられるんだ？」

「最初は、自分が引っぱられそうになったんです。自分は同行するつもりでした。そんときに真吉が、自分のやったことだと言って……」

「おめえを守ろうとしたわけか……。いや、つまりは俺を守ろうとしたわけだ」

「そういうことだと思います」

「粋《いき》なことをやってくれるじゃねえか」

「なんとかしないと……」

「まあ、待て。そう慌てるな。真吉だって覚悟の上だろう。多少手荒なことをされてもどうってことはねえだろう」

「はあ……」

まあ、優男の真吉もこの世界にいるのだから、暴力には慣れている。殴られて鼻血を出すくらいは日常茶飯事だ。

切った張ったは、実は慣れればどうということはない。傷は治るし、痛みも癒える。

問題は、心理的なダメージなのだ。殴られた経験のない者が暴力に出くわすと、恐怖と衝撃で大騒ぎをしてしまう。

昔は学校でも先生に殴られたものだ。そうして心の弾力ができる。

先生だって人間だから腹も立つ。感情的になって殴ることだってあるのだ。愛の鞭《むち》などと言うが、それはきれい事だ。人間は感情的になって暴力を振るうのだ。

大人も感情を抑えられないことがあることを、子供ながらに学ぶのだ。そして、それを避ける術《すべ》を身につける。

殴られもせずに育った子は、その心の弾力もないし、暴力を避けたり未然に防いだりする方法を知らない。

阿岐本が言った。

「警察が次にどういう手を打ってくるか、様子を見ようじゃねえか」

「仙川という係長が狙っているのは、てっぺんですよ。つまり、オヤっさんだ。そして、組を解散に追い込むつもりです」

「俺は、何を言われたって、解散なんかするつもりはねえよ」

「しかし、老舗も大看板《おおかんばん》も次々と解散する世の中です」

「そりゃあおめえ、映画館と同じだよ」

「は……？」

「映画が全盛の頃は、映画会社系列のでっけえ映画館が繁盛していた。だが、映画が斜陽産業になってからは、系列の大きな映画館は潰れ、ミニシアターのような小さな映画館のほうが生き残ってるわけだ」

「ヤクザと映画館をいっしょにはできないと思いますが……」

「同じだよ。小さいほうが小回りもきくし、無駄がない。そのほうが逆境に強いんだ」

「仙川は、暴対法や排除条例で攻めてきますよ」

「俺たちは指定暴力団じゃねえという強みがある」

「それはそうですが……」

「真吉は、一泊や二泊は覚悟しねえとな。取調室でなく、道場で尋問されるかもしれねえ」

「はあ……」

日村はそうつぶやいて、思わず顔をしかめた。

道場での尋問というのは、つまりはリンチだ。本来は取り調べでそんなことをやってはいけないことになっている。

ましてや、真吉は任意同行だ。そんな相手に手を出したら、警察が傷害罪や逮捕・監禁の罪に問われるはずだ。

だが、こちらは弁護士を雇っているわけではない。警察内部には誰の眼も届かない。被疑者や参考人を道場に連れていって、柔道技で投げ飛ばしたり、腹を蹴ったりは珍しいことではない。

特に相手がヤクザとなれば、警察も手加減しない。

警察や検察には、いまだに闇がある。そして、日村たちのような立場の者はその闇をよく知っている。

「とはいえ、油断はできねえ」

阿岐本が言った。「警察からの情報を吸い上げておきな」

「甘糟さんですね」

「あの人は、頼りなく見えるが、少なくとも無茶苦茶なことはしねえ。俺たちが相手でもな」

「わかりました。連絡を取ってみます」

日村は礼をして組長室を出た。

健一たちが、不安そうな顔で日村を見ている。

「だいじょうぶだ。心配するな」

日村はそう言うしかなかった。根拠などないが、とにかく彼らを落ち着かせなければならない。

日村は、定席である来客用のソファに腰を下ろすと、甘糟の携帯電話を呼び出した。相手はすぐに出た。

「なに？　何で電話なんてしてくるわけ？」

「真吉の様子を知りたいんですよ」

甘糟は声をひそめている。

「そんなこと、教えられるわけないだろう。電話かけてこないでよ。切るよ」

「切ってもいいですが、何度でもかけ直しますよ。ヤクザがしつこいの、ご存じでしょう」

「刑事を脅すの？　最低だな」

「脅してません。事実を言ってるんです」

「携帯の電源切っておくから」

「署の電話にかけます」

甘糟は小声で言った。

「ちょっと待ってよ。人のいないところに移動するから」

しばらく待つと、再び甘糟の声が聞こえてきた。

「志村の取り調べは、今係長がやってるよ」

「甘糟さんは取り調べに同席されないんですか？」

「係長はさ、俺とあんたらの癒着を疑ってるんだよ」

「癒着ですか」

「そう。なあなあでやってちゃダメだと言うんだ」

「じゃあ、なあなあついでに、坂本香苗に話を聞いてくださいよ」

「なんで俺が……」

「調べるのが警察の仕事でしょう？　そして、甘糟さんは、俺たちと坂本香苗の関係も知っているはずです。彼女が勝手に組事務所を訪ねてきたというのは嘘じゃないんです」

「それ、あの係長には通用しないんだよなあ……」

「事実をねじ曲げられちゃたまりません。後々本当のことが明るみに出たら、面倒なことになりますよ」

「またそうやって脅しをかけるようなことを言う」

「ですから、脅しじゃないんです。事実なんです」

「わかったよ。坂本香苗に話を聞いてみるから……」

「お願いしますよ」

甘糟がどの程度役に立つかはわからない。だが、今のところ彼は一縷《いちる》の望みだ。彼を頼るしかない。

そう思いながら、日村は電話を切った。

9

真吉は、昼過ぎになっても帰ってこなかった。阿岐本が、一泊や二泊は覚悟しなけりゃならないと言っていたが、そのとおりになるかもしれないと、日村は思っていた。

いつもの来客用のソファに座って、どうしたものかと考えていたのだが、結局、考えても仕方がないということがわかっただけだった。

何があっても腹は減る。昼飯を食わなければならないが外に食事に行くのが面倒臭い。

日村は健一に声をかけた。

「おい、出前でも取るか」

「自分らの分も、いいんですか？」

「ああ。好きなもの頼め」

「中華にしますか？　それともそば屋ですか？」

「中華がいいな。俺はチャーハンと餃子だ」

「わかりました」

いつも出前を頼む店のメニューが束ねて置いてある。稔がそれを持ってきて、事務所の固定電話から中華料理店にかけた。

「あ、お世話様です。阿岐本組ですが……」

いつもと変わらない注文の電話だ。日村は、新聞を手に取って見出しを眺めながら、その声を聞いていた。

「え……、あの……」

稔の口調が変わった。

日村は何事かと、電話をかけている稔のほうを見た。やがて、稔が困惑したような表情で受話器を置いた。

日村は尋ねた。

「どうした？」

「いつもの『宝楽』なんですが……」

『宝楽』は、近所のラーメン屋だ。「出前はできないと……」

日村は眉をひそめた。

「今まで、そんなこと、なかったじゃないか」

「ええ、そうなんですが……」

健一が言った。

「警察《ヒネ》のせいですかね……」

日村はうなずいた。

「おそらくそうだろう」

健一はいまいましげに言った。

「自分ら、好きなものの出前も取れないんですか」

「そば屋はどうだ？　俺はカツ丼でいい」

稔がすぐさま「わかりました」とこたえて、他の者たちの注文をまとめ、電話をかけた。

日村は聞き耳を立てていた。

どうやら、今度はだいじょうぶらしい。

電話を切った稔が言う。

「混んでいるんで、一時間ほどかかるかもしれないと言ってました」

日村はこたえた。

「注文を受けてくれるなら、時間がかかろうがかまわない」

健一が言う。

「そば屋にはまだ警察が行っていないということですかね？」

「どうかな……」

日村は言った。「警察の指導を受け入れる店もあるだろうし、反発する店もあるだろう。そば屋の大将は、オヤジとは古い知り合いだ」

しばらくして、インターホンのチャイムが鳴ったので、健一が言った。

「出前かな。早いな……」

稔がインターホンの画像を見る。

「あれえ」

その声に、日村は尋ねた。

「どうした?」

「出前じゃなくて、香苗ちゃんです」

「香苗だと……」

稔がインターホン越しに返事をする。

「香苗ちゃん、どうしたの?」

「開けてよ」

稔が日村の顔を見た。日村はかぶりを振って言った。

「だめだ。女子高生が来るところじゃないと何度言ったらわかるんだ」

稔がインターホン越しに香苗に言う。

「今日は帰ったほうがいいよ」

香苗が言う。

「真吉さんが捕まったんだって? そのことで来たのよ」

稔がまた日村を見る。

しょうがないな……。

日村はうなずいた。

稔が「ちょっと待って」と言って、出入り口を解錠した。香苗が飛び込んできて言った。

「なんで、真吉さんが捕まらなきゃならないの?」

日村はソファに座ったままこたえた。

「それは警察に訊いてくれ」

「訊いたわよ」

「訊いた？　ああ、甘糟さんに会ったのか？　それで真吉のことを知ったんだな？」

「真吉さんが私を事務所に連れ込んだなんて、まったくのでたらめじゃない。なんで、そんなことで真吉さんが捕まるの？」

「だから、それを俺たちに訊かないでくれ。刑事にはちゃんと説明したんだ。だが、俺たちの話を聞こうとしないんだ。……つうか、学校どうしたんだ？」

「刑事さんに真吉さんのことを聞いて、早退してきた」

「簡単に早退なんてするな」

自分の中学時代を考えると、偉そうなことは言えない。だが、大人になったら、そう言わなければならないような気がした。

香苗が決意したように言った。

「おじいちゃんに相談してみる」

「おい、事を大きくしないでくれ。黙っていりゃ、明日にでも真吉は帰ってくるはずだ」

「何も悪いことしていないのに、捕まえるなんておかしいでしょう」

「警察ってのは、そういうもんなんだよ」

「とにかく、おじいちゃんに話してみる」

香苗の祖父は、町内会の顔役らしいが、だからといって真吉を警察から連れ出すことはできないだろうと、日村は思った。

「わかった。話が済んだら帰るんだ。もともと、あんたが事務所にやってきたことを、警察に知られたことが事の起こりだったんだ」

「あいつがチクったんだよ」

「あいつ……？」

「私をつけて来たやつ。私が事務所に入ったんで、びっくりしたんだと思う。それで警察に知らせたんだ」

「そういうことだから、ここに出入りしないでほしい」

「親分さんは？　ファンの会の話があるんだけど……」

日村はどうしようか考えた。話があると言っているのに、このまま香苗を追い返すと、オヤジが腹を立てるかもしれない。

『千住シネマ・ファンの会』の話は、阿岐本と香苗の間で進んでいることだ。

「ちょっと待ってくれ」

日村はそう言うと、携帯電話を取り出して、阿岐本にかけた。

「おう、誠司か。何だ？」

「香苗が来てます。ファンの会の件だとか……」

「わかった。すぐに下りる」

阿岐本は五分ほどでやってきた。

「おう、お嬢。ファンの会の件だって？」

「ネットで入会申し込みをしたわ。さっそく船渡川さんに会ってみようと思う」

「そうかい。そいつは助かるな」

「その前に『千住シネマ』に行ってみないと、と思って」

「おう。そいつはいいな。暇を見つけて行ってきな」

「今日、これから行ってこようと思って」

「あの……」

日村の声に、阿岐本がこたえる。

「なんだ、誠司」

「彼女は学校を早退してるんです。映画を観に行くのはまずいんじゃないでしょうか」

「早退……？」

阿岐本が怪訝そうな顔をし、香苗が言った。

「刑事が訪ねてきて、真吉さんのことを聞いたんで……」

「そうかい……」

「刑事さんには、ちゃんと本当のことを話したわよ」

「面倒かけて済まなかったな」

「別に面倒じゃないから、だいじょうぶよ」

阿岐本は日村を見て言った。

「まあ、早退してきちまったものはしょうがねえ。自由な時間ができたわけだから、有効に使わなきゃな」

「はあ……」

阿岐本は香苗に視線を移す。

「補導員とかに捕まらないように気をつけるんだぞ」

「だいじょうぶよ。これから着替えて行ってくる」

「あの……」

日村が再び声をかけると、阿岐本が言った。

「何だ？」

「今日も、健さんの映画をやってるんじゃないですか？」

「ああ、そうかもしれねえな」

「女子高生がああいう映画を観ていいんでしょうか」

「別にいけなくはねえだろう。十八禁でもねえんだ」

「十八禁」という言葉は、若い頃に映画を観た経験がない日村でも知っている。十八歳未満禁止の成人指定映画のことだ。今はR指定と言うらしい。

「それはそうですが……」

香苗が健さんの映画に感化されて、ますます事務所に入り浸るようになるのを心配しているのだ。

「健さんって、高倉健？」

香苗が尋ねると、阿岐本がこたえた。

「そうだよ。東映の任俠映画全盛期の作品だ」

「一度観てみたかったんだ」

「日本の若者に、ぜひ観てもらいたいね」

「楽しみー。じゃあ、行ってきます」

香苗は、ぺこりと阿岐本に頭を下げると、出入り口に向かった。

彼女が出ていくと、阿岐本は日村に言った。

「真吉について、何か連絡はあったか？」

「いえ、まだ何も……」

「甘糟さんは？」

「話はしました。それで香苗に会いに行ったようです」

「そうかい」

「香苗が、おじいさんに相談すると言ってました」

「坂本のご隠居に……？」

「事を大きくするなと言ったんですが……」

阿岐本はしばらく考えていたが、やがて言った。

「ま、なるようになるさ。しばらく様子を見てみよう」

「はい」

阿岐本は、組長室に向かった。


日村が定席のソファに腰を下ろすと、健一が質問してきた。

「映画館には通わなくていいんですか?」

「あ……?」

「いや、今までは、交代とかで現場に通っていたじゃないですか。出版社のときも、学校のときも……」

稔もそれに続いて言う。

「病院のときも、銭湯のときも現地に行きましたよね」

こいつら、映画館に興味津々なのだ。

日村はこたえた。

「今は、真吉のことで、映画館どころじゃないだろう」

「はあ……」

健一が言った。「でも、オヤっさんの用事なんですよね」

たしかにオヤジの道楽だ。

「今は、様子見なんだと思う。ファンの会のことを調べるのが先決だ」

「それなんですが……」

テツが言った。「ファンの会のサイトにも嫌がらせの書き込みがあるらしいです」

「ファンの会のサイト……？」

「会員同士の交流掲示板で、これは誰でも見られます」

テツがノートパソコンを動かしてディスプレイを日村のほうに向けた。日村はソファから立ち上がり、ディスプレイを覗き込んだ。

「『千住シネマ』ファンの皆さん。応援すると後悔することになるかもしれませんよ。特に、クラウドファンディングに出資したりすると、思わぬ怪我をすることになるでしょう」

へたな脅し文句だ。ひねりも何もない。だが、ストレートだからこそわかりやすいとも言える。

日村は尋ねた。

「投稿者を特定できないのか？」

「やってみましたが、プロキシ噛ましてるんで無理でした。最近はＶＰＮアプリを簡単に使えますから……」

何のことかわからないが、とにかく投稿者の特定ができないのだということだけはわかった。

「この書き込みはいつのことだ？」

「昨日ですね。さかのぼると、同じような書き込みが何件かありました」

「くらうど何とかの出資額が増えないのは、こいつのせいもあるだろうな」

「出資者の気持ちというのはデリケートですからね。ほんのちょっとしたことでも、出資をためらうものです。こんな書き込みがあったら致命的ですね」

「書き込みを削除できないのか？」

「管理者は削除できるはずです。しかし、へたに削除すると火に油を注ぐことにもなりかねません。連続して大量の書き込みをするとか、嫌がらせがエスカレートすることもあるんです。ですから掲示板の管理者は無視する方針をとっているようです」

「泣き寝入りということじゃないか」

「相手はそれを狙っているんでしょうね」

ヤクザの立場からすると、願ったり叶ったりだ。だが今は立場が違う。

「そいつをなんとかやめさせなければならないな……」

「掲示板を畳んでしまうのが一番なんですがね」

二人の会話を聞いていた健一が言った。

「脅しなど怖くはないという書き込みをして、会員を勇気づけるとかしたらどうです？」

それに対してテツが言う。

「ファンの会に関係ない第三者がそんな書き込みをしたところで、何の効果もないですよ」

「でも、掲示板って、もともと匿名なんだろう？」

「ファンの会のサイトにある掲示板は、そういうのとちょっと性格が違います。会員同士の交流が目的ですから……」

日村が考え込んだところに、インターホンのチャイムが鳴った。

稔がモニターを覗き込んで言った。

「出前です」

何はともあれ、メシだ。

稔は戸口を解錠して出前の従業員を招き入れた。顔見知りの若者だ。何度も来ているので、ヤクザの事務所だからといって恐れている様子はない。

「おまちどおさま。カツ丼が一つに、親子丼が二つ、卵丼が一つですね」

健一と稔が親子丼で、テツが卵丼だ。テツは好き嫌いが多い。

日村が財布を健一に渡して勘定をさせる。それが済んだのを見計らい、日村が出前の若者に言った。

「警察が飲食店を回って、注意を促しているようだけど、お宅には来てないの？」

若者はこたえた。

「ああ、なんか来てましたよ」

「暴対法とか排除条例の話だよね？」

「俺、詳しい話は知りません。バイトなんで」

「『宝楽』で出前を断られたんだ」

「『宝楽』って、ラーメン屋ですね」

「ああ。おそらく、警察の注意のせいだろうと思っている。お宅が出前を受けてくれたんで、ほっとした」

「いやあ、俺、込み入った話はわかりませんよ。なんせ、バイトなんで」

彼は同じ台詞を繰り返した。

「そうか」

「でもね、うちの大将は警察の注意なんて気にしませんよ」

「気にしない……？」

「そうっすよ。大将は、長年この町でそば屋をやってきたんです。そして、親分さんはうちのお得意さんだって、いつも言ってます。お得意さんにそばを食べてもらえないで、何のためのそば屋だって……。あ、俺、バイトなんで、詳しいことはわかりませんけど……」

「『矢七寿司』の大将もそのようなことを言ってたな」

「ああ、『矢七寿司』の大将とうちの大将は、碁の仲間だって言ってました。二人とも親分さんには一度も勝ったことがないそうです」

「碁の話か？」

「ええ。あ、俺……」

「バイトだから詳しいことは知らないんだろう？」

「ええ、そうっす」

「ごくろうさん。これ、スポーツドリンクでも買ってくれ」

日村は健一から戻ってきた財布の中から千円札を取り出した。

「あ、すみませんね。ありがたく頂戴します」

出前の若者は金を受け取り、ひょこっと礼をして事務所を出て行った。

まるで昭和の若者だなと、日村は思った。今でもああいう若者がいてくれることに、なんだかほっとする思いだった。

若い衆が、日村の言葉を待っていた。

「じゃあ、いただこうか」

三人が一斉に「いただきます」と言って食事を始めた。

日村はトンカツを一切れつまんで口にいれた。柔らかい肉を包む衣と油。それにタレと卵が絶妙に絡んでいる。

噛みしめたとたんに、そのうまさに感動した。大将は、いい仕事をしている。そして、それを惜しみなく提供してくれる。

今まで、当たり前だと思って食べていたそば屋のカツ丼だ。だが、大将が警察の注意を無視して出前をしてくれたのだ。

それだけのことが、とてもありがたいことに思える。日村は思わず涙ぐみそうになっていた。カツ丼を頬張って泣きそうになるなんてなんとみっともない。

日村は言った。

「いつも、そば屋としか呼んでないが、何ていう店だっけな」

健一がこたえた。

「『葉月庵《はづきあん》』です」

10

その日の午後、阿岐本はずっと組長室に籠《こ》もったまま、日村を呼び出すこともなかった。そうなると逆に、日村は落ち着かない。用事を言いつけられて動き回っているほうが気は楽だ。

日が傾く頃、健一が言った。

「オヤっさん、静かですね」

健一も、怪訝に感じているのだ。オヤジはいったい何を考えているのだろう。日村はそれが気になっていた。

午後五時を回った頃、またインターホンのチャイムが鳴った。モニターを確認した稔が大声を出した。

「真吉……」

ソファにもたれていた日村は、がばっと身を起こした。

「真吉だって？」

稔が戸口の鍵を開けると、間違いなく真吉が事務所に入ってきた。

「代貸、ご心配をおかけしました」

「無事か？」

我ながら愚かなことを訊いていると思った。無事だから目の前にいるのだ。

それから日村はすぐに健一に命じた。

「すぐにオヤジに知らせろ」

「はい」

健一が組長室のドアをノックし、部屋の中に入ったと思ったら、すぐに阿岐本が出てきた。

「おう、真吉。ごくろうだったな」

真吉は深々と頭を下げる。

「ただ今戻りました」

なんだか任侠映画のようだと、日村は密かに思っていた。

阿岐本が尋ねる。

「おう、痛い目にあってねえだろうな」

「取調室でねちねちと質問されただけです。あの仙川っていう係長、性格悪いですよ。俺たちを町から締め出すことを前提に考えてますからね」

「それにしちゃ、帰《けえ》ってくるのが早かったじゃないか」

「自分もどうしてだろうと思ったんですが、どうやら町内会の人が動いてくれたようで……」

「町内会？　ああ、坂本のご隠居かな……」

「ええ、香苗ちゃんのおじいさんが、町内会の仲間に連絡してくれたらしくて……」

「町内会の仲間？」

「警察官友の会とかいうのがあるそうで、その会員の人が話をしてくれたようです」

「ああ、不動産屋のご主人だろう」

「ええ、そのようです」

「ともかく、戻ってこれてよかった。今日はゆっくり休め」

「いいえ、みんなに迷惑をかけた分、働きませんと……。当番をやらせてもらいます」


　これもなんだか任俠映画じみた台詞だと、日村は感じた。いや、真吉は普段からこういう物言いをする。どうやら、健さんの映画の影響がまだ残っているらしく、どうしてもその場面を連想してしまう。

　阿岐本が言った。


「無理はいけねえよ。当番は別のやつに頼みな。おい、健一、酒買ってこい」

「酒なら、買い置きが二階にありますが……」

「おう、そいつは気がきくな。真吉の慰労会だ。持ってきな」


　稔とテツが二階からビールやら日本酒の一升瓶やらを持ってきた。今時の若者は、缶酎ハイとかレモンハイとかを飲むのかもしれないが、事務所には昔からビールと日本酒しか置いていない。日本酒は神事に欠かせないので切らしたことがない。

　日村は、ビールを一缶だけと決めて飲みはじめた。事務所にいる間は気が抜けない。それを感じ取ったのか、健一が言った。

「代貸、気にせず飲んでください。あとのことは引き受けますんで……」

日村はこたえた。

「よけいな気は遣わなくていい」

すると、阿岐本が言った。

「健一の言うとおりだ。飲むときは飲め。おめえこそ、よけいなことをあれこれ考えているんじゃねえのかい」

「はあ……」

たしかに阿岐本が言うとおりだった。日村は、仙川係長の次の出方を気にしているのだ。このままで済むはずはないと思った。

阿岐本が真吉に尋ねた。

「それで、どんなことを訊かれた？」

「シノギのこととか訊かれました」

「何てこたえたんだ？」

「香苗ちゃんを事務所に連れ込んだ件で引っぱられたんだろう？　シノギのことなんて訊かれる筋合いじゃないって……」

「それから？」

「普段、どんな連中と付き合いがあるのか、とか……」

「シマ内の人間関係を調べているわけだな」

「そんなことは、甘糟さんがよく知っているはずだと言いました」

「向こうはそれじゃ納得しめえな」

「あとはまあ、組のみんなのこととか訊かれました」

何を訊かれても、のらりくらりとかわしたのだろう。

日村は尋ねた。

「取り調べには、甘糟さんも立ち会ったのか」

「いいえ。一度も顔を出しませんでしたね」

日村は阿岐本に言った。

「仙川は、甘糟さんと自分らの癒着を疑っているということでした」

阿岐本は難しい顔で言った。

「となると、甘糟さんの言うことを信じようとはしねえだろうなあ……」

「そうかもしれません。直属の上司に信じてもらえないというのはきついでしょうね」

阿岐本はまた何事か考え込んだ。

二階には台所があり、健一と稔が適当なつまみを作ってきた。それをつつきながら、酒盛りは続いた。

午後九時半頃、チャイムの音が響いた。

健一が言った。

「こんな時間に、誰だろう」

香苗だった。

真吉が戸口の解錠をすると、事務所に入ってきた。

「お、真吉さん。戻ってきなすったんですね」

いつもの過剰なくらい元気な香苗とは雰囲気が違う。言葉遣いも変だ。

真吉がこたえる。

「ああ、五時頃帰ってきたよ」

「そりゃあ、よござんした」

あ、こいつ、健さんにやられている。

日村は気づいた。

案の定、すっかり健さんの世界に入ってしまっているのだ。香苗がこんなにもろに影響を受けるとは思ってもいなかった。

阿岐本が言った。

「お嬢、健さんの映画、気に入ったようだね」

「ええ、そりゃもう……」

日村が香苗に言った。

「映画を観終わったら、すぐに帰ればいいだろう。どうしてここに来た」

「映画を観たら、どうしても皆さんのお顔が見たくなりまして……」

「その、健さんの真似はやめてくれないか」

「あ、勘弁しておくんなさい。自然とこうなっちまうんで……」

「とにかく、もう遅い。帰りなさい」

「だいじょうぶだよ」

香苗は気分が萎《な》えたのか、素に戻って言った。「塾の日だってこれくらい遅くなるんだから」

「真吉がどうして警察に引っぱられたか知ってるだろう」

「ええ。私のせいよね。悪かったと思ってる」

日村は慌てた。

「いや、そういう意味で言ったんじゃない」

じゃあ、どういう意味なのだろう。自分で自分にツッコんでいた。「とにかく、親御さんも心配してるだろうから、早く帰るんだ」

また、誰かに通報されたらえらいことだ。

「まあ、そう言うな、誠司」

阿岐本が言う。「せっかく来てくれたんだ。映画の感想でも聞かせてもらおうじゃないか」

感想を聞かなくても、事務所に入ってきたときの様子を見れば、だいたい想像がつく。

香苗が阿岐本に言った。

「映画の感想よりも、船渡川さんに会ったんで、そのことを伝えようと思って……」

「なに、ファンの会の会長に？　どこで？」

「『千住シネマ』だよ。船渡川さんも、健さんの映画、観にきてたんだ」

「お嬢は、船渡川さんの顔を知っていたのかい？」

「ウェブサイトに写真が出てたんだ」

「写真だけじゃなかなか本人だとはわからないもんだけどな」

「映画館で見かけたんだよ。間違いないと思ったんだ。そして、声をかけてみた」

若い娘に声をかけられて、嫌な顔をする中年男はあまりいないだろう。いたとしたら、照れているのだ。

「それで……？」

「船渡川さん、私のこと、覚えていてくれた。女子高生の会員は珍しいって……」

「入会したばかりなのに、覚えていたって？」

「入会申し込みのデータは、全部船渡川さんのところに行くのよ。それでチェックしてたんだわ」

女子高生の強みか。こういうことを言うと、セクハラだのロリコンだの青少年保護育成条例違反だのと言われかねない。

だが、実際に女子高生というのはそれなりのブランド力のようなものを持っている。独自の世界を構築しており、その世界の中では独特な言葉が通用し、特別な流行がある。

たしかに、その三年間、彼女らは特別な存在な気がする。

「さっそくファンの会の会長と顔見知りになるなんて、てえしたもんだな」

阿岐本は本気で感心した様子だった。実は、日村も少しばかり驚いていた。

香苗がさらに言う。

「それだけじゃなくて、明日の午前中に、お話を聞くことになっているの」

「明日の午前中？」

思わず日村は尋ねた。「学校はどうするんだ？」

「明日、土曜日でお休みだよ」

そうか、土曜日か……。日村たちの稼業に曜日は関係ない。つい、曜日感覚がなくなってしまう。

阿岐本が言った。

「そいつはますますすごいじゃねえか。お嬢、すまねえが、できるだけどんなやつに脅されているのか聞き出してくれねえか」

「もちろん、そのつもりよ」

これはいよいよスパイだな……。

日村はそう思いながら、時間を気にしていた。もうじき十時になる。

香苗が言った。

「じゃあ、自分はそろそろおいとましますんで……。ご一統《いっとう》さん、失礼いたします」

再び、健さんになりきって、香苗は事務所を出ていった。日村は言い忘れていたことを思い出し、彼女を追った。

「待ってくれ」

事務所の外で呼びかけると、彼女は振り返った。

「なあに？」

「おじいさんが、警察官友の会会員の不動産屋に口をきいてくれて、おかげで、真吉が帰ってこられた。礼を言わなきゃならない」

香苗はにっこりと笑顔を見せて言った。

「いいってことよ」

彼女は駆けていった。

事務所に戻ると、阿岐本が日村に言った。

「ちゃんと礼を言ってくれたんだな」

「はい」

阿岐本がうなずく。

「じゃあ、俺もそろそろ上ぇ上がるよ」

若い衆が起立する。

阿岐本はエレベーターに向かった。

翌日の昼時、日村がそろそろメシのことでも考えようかと思っていると、また香苗が訪ねてきた。

インターホンのモニターを見た真吉が言った。

「誰かといっしょですよ」

日村は、ソファの背もたれから身を起こした。

真吉が解錠し、香苗と見知らぬ男が事務所に入ってきた。男は戸惑った様子だ。

「こんにちはー」

健さんにかぶれた香苗ではなく、いつもの彼女だった。

日村が口を開こうとすると、それを遮《さえぎ》るように香苗が言った。

「わかってる。ここはあんたの来るところじゃない、でしょう？　今日はお客さんを案内してきたのよ」

日村は尋ねた。

「どちらさんだ？」

「船渡川さん」

「あ、『千住シネマ・ファンの会』の……」

「あの……」

船渡川は、すっかり萎縮してしまっている。「まさか、坂本さんがこんなところにいらっしゃるとは……」

「香苗は、行き先を言わずに、あなたをお連れしたということですね」

「はい。ええと……。ここはいわゆる組事務所ですよね」

「表の看板のとおりです」

船渡川は、恐怖におののいた表情のまま、勇気を奮い起こすように言った。

「あ、あんたたちだな、掲示板に脅しの書き込みをしたり、嫌がらせのメールを送ったりしているのは」

日村は顔をしかめた。やはり、こういうことになるか……。

だから、接触は避けていたのだ。それを、選《よ》りに選《よ》って事務所に連れてくるなんて……。

日村が黙っていると、船渡川はさらに言った。

「女子高生を使って、私をだましたんだな。事務所に連れてきてどうするつもりだ。私は決して『千住シネマ』を諦めないぞ」

台詞は威勢がいいが、恐怖で今にもちびりそうな顔をしている。

日村は溜め息をついてから言った。

「誤解です」

「何が誤解だ」

「ファンの会に嫌がらせしているのは、自分らじゃありません」

「嘘をつけ」

「ここで嘘をついても意味ないでしょう。だから、嘘じゃありません」

「じゃ……」

ごくりと喉を鳴らす。「どうして、私をここに連れてきたりしたんだ？」

「それは私が、その子に訊きたいですね」

香苗が言った。

「なんかさあ、おっかなびっくり手探りしてる感じじゃない。会って話をするのが一番早いんじゃないかと思って」

「おい、俺たちは、慎重に事を運ぼうと……」

船渡川は訳がわからないという顔をしている。香苗がさらに言った。

「親分さんに知らせたらどうかしら」

日村は健一と顔を見合わせた。それから、携帯電話を取り出して、阿岐本に知らせた。

「あの、船渡川さんがお見えですが……」

「何だって？」

「香苗がお連れしたんですが……」

「すぐに下りる」

言葉どおり、阿岐本はほどなくかなり慌てた様子で事務所にやってきた。

「こりゃどうも……。船渡川さんで？　阿岐本と申します」

船渡川は言った。

「私は帰りますよ。帰るなと言うのなら、監禁罪で訴えます」

阿岐本が言った。

「何か誤解がおありのようで……。手前どもの不手際です。どうも、あいすいません」

「ファンの会に嫌がらせしているのは、あんたたちなんでしょう?」

「それが誤解です」

「女子高生を使って安心させて、私をここに連れ込んだんだ」

船渡川は同じ言葉を繰り返した。

「ここにお連れしたのは、早計だったと思います。しかしまあ、せっかくいらしたのですから、ちょっとお話をうかがえませんか?」

「話を聞くって、いったい何の話だ?」

「私ら、増原社長から依頼を受けて、『千住シネマ』の存続、さらには再興を請け負っているんです」

「うまいこと言って……。だまされるものか」

「まあ、立ち話もナンですから、こちらへどうぞ」

阿岐本が組長室に案内しようとしたが、船渡川は頑として動こうとしない。

「奥の部屋に連れ込んで、殴る蹴るの暴行でもしようっていうんだろう」

「とんでもねえ。そんなことはしません」

それから阿岐本は日村に言った。「増原社長に電話して、事情を説明してくんな」

「わかりました」

日村は携帯電話を取り出して、すぐに増原社長にかけた。

「はい、増原」

「どうも。一昨日お邪魔した阿岐本組の日村ですが」

「ああ……。どうされました？」

「今事務所に、ファンの会の船渡川さんがいらしていて……」

「船渡川さんが……？　なんでまた……」

「ちょっと込み入ってまして……。船渡川さん、嫌がらせをしているのがうちだとお思いの様子で……」

「ははあ。いや、私も当初はそう思いましたからね。わかりました。これから、私もそちらに向かいましょう。綾瀬でしたね」

「そうです。すいません」

「その前に、船渡川さんと話をしましょう。電話を代わっていただけますか」

「お待ちください」

　日村が「増原社長です」と言って、船渡川に電話を差し出した。船渡川は不信感たっぷりの表情でそれを受け取り、耳に当てた。

「はい、船渡川……」

　それからしばらくして、船渡川が日村に電話を返した。そして、言った。

「何の話をすればいいんです？」

　阿岐本は笑顔を見せて言った。

「私の部屋に行きましょう」

船渡川を組長室に案内する。そして、阿岐本は言った。

「誠司も来てくれ」

11

船渡川は、増原社長の話を聞いても、半信半疑の様子だった。

いきなりヤクザの事務所に連れて来られたら、誰だってそうなるだろう。日村は、一般人にとって自分たちの事務所がどういうふうに見えているかよく知っている。

だから、ヤクザは時折それを利用する。事務所に連れてくれば、たいていの目的は果たせる。

来客用のソファに座った船渡川は、落ち着きのない様子で周囲を見回している。阿岐本が彼の向かい側のソファに座り、日村はその後ろに立っていた。

阿岐本が言った。

「おめえも、座れ。稼業の話じゃねえんだ」

ヤクザ同士の交渉事じゃないという意味だ。

「失礼します」

日村は、末席に腰を下ろした。

阿岐本が船渡川に言った。

「私どもも先日『千住シネマ』にお邪魔してきました。健さんのシリーズをやってましてね……。これがなかなか粋なラインナップでしてね……」

船渡川は、返事をしない。世間話などするつもりはないということだろうか。それとも、すっかり萎縮しているのか……。

阿岐本はさらに言った。

「『千住シネマ・ファンの会』というのをやられているそうですね」

「ええ……」

船渡川は上目遣いに、ちらりと阿岐本を見て、それだけこたえた。

「たしかに『千住シネマ』はいい映画館だ。昔はもっと大きくて、大手の系列館だったらしいですね」

「昔のことは知りません」

「そうですか……。何でも、大手の系列を離れて、ミニシアターにしたのは三十年以上前のことらしいですね」

「『千住興業』の本社ビルを建て替えるときに、ミニシアターにしたらしいです」

少しずつだが、話に乗るようになってきた。もっとも、ヤクザの親分が話しかけているのに、ダンマリを決め込む度胸のあるやつはそうそういないだろう。

日村は、阿岐本に話しかけられたら、絶対に黙ってなどいられないが、それはまた、別の話か……。

阿岐本がさらに尋ねた。

「どうやら聞くところによると、ファンの会ってのは、単なる愛好会とかじゃねえらしいですね。くらうどなんとかってやつで、映画館を助けるための資金を集めておられるとか……」

「一度廃業になった映画館を、クラウドファンディングで資金を集めて、再興させたという例があったんです。我々もなんとかできるのではないかと思いまして……」

　阿岐本は何度もうなずいた。

「しかし、思うように資金が集まらない……」

「まだ始めたばかりですから……」

「なるほど……。おっしゃるとおり、この先どうなるかは、誰にもわかりませんね」

　船渡川は何も言わずに視線を落とした。

　阿岐本がさらに言った。

「先ほどの話ですが……」

　船渡川が顔を上げた。

「先ほどの話……？」

「船渡川さんは、こうおっしゃった。ファンの会に嫌がらせをしているのは、私どもなんでしょうって……」

「そう思うのが当然でしょう。突然こんなところに連れて来られたのですから……」

「それについては、重々お詫びします。実はそのお話を詳しくうかがいたいんですがね……」

「なぜです？」

「お話ししたとおり、私らは増原社長とお話をして、映画館の存続に一役買うことになっています。いろいろ事情をうかがったところ、ファンの会と協力することが何よりだと思ったわけです」

船渡川は目を見開いた。

「ファンの会と協力……。ヤク……、いやあなたがたと協力ですか」

「ヤクザと言っていただいてけっこうですよ。もちろん、私らが表に立つと何かと面倒なことがあります。昨今の法律では、私らはいてはいけない存在らしいですし……」

「ならば、どうやって協力するとおっしゃるんです？」

「私らにもできることはありますし、私らにしかできないこともあります」

船渡川はしばらくその言葉について考えている様子だった。その間、阿岐本は何も言わない。

やがて船渡川が言った。

「話は増原社長がいらしてからにさせていただきます」

「そうですか。では、ご到着を待つことにしましょう」

それから、阿岐本は船渡川に話しかけなかった。船渡川も無言だ。

こうなると日村も発言はできない。組長室は気まずい沈黙に包まれた。阿岐本一人が平然としている。

阿岐本はソファに体をあずけて、やや視線を上に向け、動かない。何か考えているようでもあり、ぼうっとしているようでもある。

そんな時間がどれくらい続いただろう。ノックの音がして、日村は救われたような気分になった。

健一だった。

「失礼します。増原社長がおいでです」

「おう」

阿岐本が言った。「お通ししな」

増原が戸口に現れると、阿岐本が立ち上がった。当然日村も立ち上がる。つられるようにして、船渡川も腰を上げた。

阿岐本が言った。

「ご足労いただき、申し訳ありません。さ、こちらへどうぞ」

船渡川の隣に案内した。増原は腰を下ろすと、船渡川に言った。

「まさか、阿岐本さんのところにいらっしゃるとは……。驚きましたよ」

船渡川がほっとした表情になって言った。

「私も驚きました」

地獄に仏といった心境だろうか。

増原が阿岐本に言う。

「さすがですね。やることが早くていらっしゃる」

「いや……。実は、船渡川さんにお越しいただいたのは、私どもの考えではねえんですよ」

増原が眉をひそめる。

「どういうことですか？」

「坂本香苗という高校生が、新たにファンの会の会員になりましてね……。その子がやったことでして……」

「ああ、事務所にいた娘さんですね」

香苗はまだ帰らずにいるらしい。

「私ら、できるだけ表に出ずに済まそうと思っていたんですが……」

阿岐本が頭をかいた。「お嬢にはそれが歯がゆかったようですな。まあ、お嬢が言うとおり、あれこれ画策するより、直接お会いするのが一番手っ取り早いことは確かです」

じっと、二人のやり取りを見守っていた船渡川が、増原に言った。

「じゃあ、社長がこの人たちと手を組んでいるというのは、本当のことなんですね？」

増原がこたえた。

「本当のことです。……というか、具体的には、まだ何も相談していませんが……」

「ファンの会と協力するのが何よりだということなんですが……」

増原が阿岐本を見て尋ねた。

「そうなんですか？」

阿岐本がこたえる。

「映画館の経営を立て直すという話を聞いてね、まず、映画館そのものの改善策だとか、遠のいた客足を引き戻す方策だとかを考える必要があるのかと思ったんです。でもね、実際に映画館を拝見して、特に改善の必要も感じない。無理に客足を伸ばそうと思っても一時しのぎになる。問題はそこじゃねえと思ったわけです」

「では、何が問題なんだとお思いですか？」

「一つは社長さんの覚悟ですね」

「私の覚悟……」

「失礼な言い方になりますが、勘弁してください。社長が映画をお好きなことは、先日お会いしてよくわかりました。当然ながら、映画館を閉めるのはおつらいでしょう。しかし、お好きだからこそ、閉めなければならないとお考えなのではないですか？」

増原社長は何も言わない。阿岐本は、言葉を続けた。

「経営者としては、赤字部門を処分しなければならない。もし、それを存続させようとしたら、社員たちに自分の道楽を押しつけることになる。そうお思いなのでしょう」

増原社長が言った。

「おっしゃるとおりかもしれません。映画館をこのまま続けることに、一抹の後ろめたさを感じていたことは事実です」

「それならいっそ、映画館に有終の美を飾らせたい……。そんな思いがおありなんじゃねえですかい？　『ニュー・シネマ・パラダイス』の話をしたときにね、そんなことを感じたんですよ」

「そうかもしれません。どうせ閉館するなら、華々しくと思っていました」

「好きなことを後ろめたいと思うことはありません」

「しかし、私は経営者です。会社と社員のことを第一に考えなくてはならないのです」

「もちろん、それはそうでしょう」

「そして、社会がどうなっていくのかも、考えなくてはなりません。映画産業は間違いなく斜陽です。経営者は、そういうものにしがみついていてはいけないのだと思います」

「おっしゃることはわかりますよ。しかし、それでよろしいのですか？」

「それでいいかというのは、どういうことです？」

「口幅《くちはば》ったいことを申し上げるようですが、何のためのお仕事ですか？」

「何のための仕事か……。それは、利益を上げるためでしょう」

「金のために働く。それは当然のことです。しかし、それは従業員の発想でしょう。経営者はただ金儲けのために会社をやるわけじゃねえでしょう」

「では、何のためだと……」

「やりたいことをやるため。そうじゃねえですか？」

「やりたいことをやるため……」

「『千住興業』は、不動産でいちおう経営は安定しておいでなんですね？」

「はい。不動産部門の業績は悪くありません。ですから、不採算部門である映画館を処分すれば、経営はさらに安定するはずです」

「ただの不動産屋をおやりになりたいのですか？」

増原社長は、言葉を呑み込んだ。阿岐本の言葉が続く。

「社長は先日、私らを映画館に案内されてから、ご自分も映画をご覧になった。そのお姿を拝見してね、ああ、この人は本当に映画がお好きなんだなと思いました。それが『千住興業』の色というか雰囲気に影響しているんじゃねえですか？」

増原社長がかぶりを振った。

「私には、そういうことはわかりかねますね」

「明らかなのは、ただの不動産屋にはファンの会なんてできねえってことです」

「それはそうでしょうが……」

「社長が映画館に愛着をお持ちのように、きっと多くの社員も映画館をなくしたくないと思っておいでなんじゃねえでしょうかね」

「どうでしょうね。私には、映画館をなくしたほうがいいという声ばかりが聞こえてきます」

「それは社内でのことですか？」

「ええ、そうです。実は、本社移転の話もありまして……」

増原社長の言葉に、阿岐本は表情を曇らせた。

「移転……？」

「はい。わが社は現在、事実上、不動産管理の会社です。今使っているような大きなビルは必要ないという役員もいまして……」

「念のため確認させていただきますが、本社ってのは、あの映画館が入っているビルなんですね？」

「ええ。先日ご覧いただいたとおり、一階と二階が映画館になっていて、三階から上の三フロアが事務所です。このビルはもともと先代が作った封切り館の敷地に建てたものなので、今の会社の規模からすると、不相応なくらい大きいと言う者もいまして……」

阿岐本の眼がにわかに厳しくなった。

何かを感じ取ったな……。日村はそう思った。

「そういう意見は多数派なんですか？」

「多数派かどうかは、あまり考えたことがありません。役員の一人がそう主張するので、それに同調している者も多いのではないかと思っています」

「その役員の方は、どなたです？」

増原社長は、怪訝そうな顔になって聞き返した。

「どうしてそんなことをお訊きになるんです？」

「いえね……。性分でしてね。誰がそういう意見を言っているのか、きっちり知っておきたいんです」

「わが社の常務取締役の犬塚《いぬづか》という者です」

「フルネームは？」

「犬塚昭吉《しょうきち》です。昭和の昭に大吉小吉の吉です」

日村はその名前をしっかりと記憶した。

「あの……」

船渡川が言った。「ファンの会の話は……」

阿岐本がうなずいた。

「そうでした。いえね、社長が有終の美なんてことをおっしゃらずに、腹を据えて存続すると決めてくだされば、やりようはいくらでもあると思うわけです。……で、ファンの会だ。赤字が問題なんでしょう？　それをファンの会が何とかしてくれるんじゃないかと……」

増原社長が言った。

「好きなことを後ろめたいと思う必要はないという阿岐本さんの言葉には、心が動かされた思いです。しかし、今申したとおり、社内には映画館不要の声があるのです」

「社員の声をちゃんとお聞きになったことはありますか？」

増原社長は、しばらく無言で阿岐本の顔を見つめていた。やがて、彼は言った。

「いえ、いつしか犬塚の意見が、社員の意見のような気がしていました」

「おそらく、最大の問題はそこじゃねえかと思いますよ」

「しかし……」

増原社長は戸惑った表情で言った。「もし、社内に映画館存続の声があったとしても、それで業績が改善できるわけじゃありません」

それに対して、阿岐本が言った。

「映画館を閉めることはねえんです。切り離しゃいい」

「切り離す……?」

「そうです。本社の不動産業務と切り離すんです。別法人にするんですよ。ある割合の株を保持してね。つまり子会社です。そして、ファンの会がくらうどなんとかで集めた金で、残りの株を買ってもらう。つまり、共同経営で独立採算にするわけです」

増原社長はしばらくその言葉を検討している様子だった。

「でも、クラウドファンディングでも資金は集まっていないんでしょう?」

その増原社長の言葉に、船渡川が慌てた様子で言った。

「いや、まだ始めたばかりなので……」

まったく説得力がないなと、日村は思った。

阿岐本が言った。

「私どもが協力できるのではないかと申しましたのは、その点です」

「は……?」

増原社長と船渡川が同時に、阿岐本を見た。

増原社長が言う。

「その点というのは、どういうことですか？」

「クラウドファンディングでしたっけ？　そいつがうまくいってねえ原因の一つに、何者かによる嫌がらせがあるわけですよね。そういうのは、私らの専門分野ですので……」

船渡川が言った。

「専門分野ってことは、やっぱりあなたたちが嫌がらせをしていたってことですか？」

だから、そうじゃないと言ってるだろう。

日村は、心の中でそう言っていた。

「今回は違いますよ」

阿岐本がそう言って、にっと笑った。すると船渡川が青くなった。

「今回は……？」

「そうです。ですが、そういうことをやるやつらの手口はよくわかっています。ですから、私らの出番なんです」

船渡川が増原社長の顔を見た。増原社長が言った。

「物騒なことは、ご免こうむりたいのですがね……」

「お約束します。ご迷惑はおかけしません」

それからしばらく、増原社長は、何事か考えている様子で黙っていた。

阿岐本が言った。

「さあ、社長。どうします？」

増原社長が言った。

「少し考えさせてください」

阿岐本はうなずいた。

「わかりました。ただし、そう長くは待てません。船渡川さんたちファンの会だって、今のままじゃ宙ぶらりんだ」

増原社長は「はい」とだけ言った。


船渡川と増原社長が事務所を出て行くとき、香苗はまだ残っていた。

戸口まで見送りに出た阿岐本が香苗に言った。

「おや、まだいたんだね」

「どうなったか、心配で……。私、余計なことしちゃった？」

「いやいや、お嬢のおかげで、話が進んだよ。たしかに俺はびびっていて、煮え切らなかったな」

「親分さんがびびっていた……？」

「そうだよ。暴対法だ排除条例だと、締めつけがきついんで、俺は慎重になっていた。ただそいつの度が過ぎると、びびっているってことになる。つまり死《し》に体《たい》だよ」

「へえ……」

「その点、お嬢は恐れずに正しいと思うことをしたんだ。かなわねえな」

「そんな……」

香苗が照れている。

「さ、船渡川さんも増原社長も、見てのとおり問題ねえ。安心して帰《けえ》んな」

「うん、わかった。じゃあ、代貸さんも、またね」

香苗は頭を下げて、事務所を出ていった。

12

「おう、誠司。ちょっと来てくれ」

香苗が出ていくと、阿岐本が言った。

「はい」

阿岐本は組長室に戻った。机ではなく、ソファに向かった。腰を下ろすと、日村に言った。

「こっちに来て座れ」

「はい」

日村は、阿岐本と直角になる位置に、浅く腰を下ろした。正面に座る気にはなれない。

「増原社長の話で、ちょっとひっかかったことがあるんだ……」

「本社移転という話ですか?」

阿岐本がうなずいた。

「おめえも気になったか」

「それと、常務取締役の犬塚昭吉ですね」

「映画館を閉めて、本社ビルを移転することを、社長に勧めているらしいな……。それは、いったいなぜだ?」

日村は考えた。

「普通に考えれば、会社の利益率を上げようってことでしょう。赤字部門を処分して、コンパクトな社屋にしてランニングコストを軽減するという……」

「ランニングコストの軽減？　ばか言うな。『千住興業』の本社は持ちビルだろう。家賃がかからねえんだぞ」

「しかし、ハコがでかすぎるのは確かでしょう。固定資産税だってばかにならないはずです。光熱費もかかるでしょう。ビルと土地を売って、もっと小さなビルを建てるなり買うなりすれば、効率がずっとよくなるはずです」

「せっかくの資産を切り売りするほど追い詰められているわけじゃねえだろう。それに、『千住興業』のメインの事業は、不動産管理だ。つまり、不動産を所持していれば、それを賃貸物件にすることもできる。本社ビル内のレンタルスペースもそこそこ稼働してるようじゃねえか。今、本社ビルを売っぱらうメリットがわからねえ」

「我々が思っているより、『千住興業』は経営状態が悪いのかもしれません」

たしかに阿岐本が言うとおりかもしれない。しかし、会社にはそれぞれ事情があるはずだ。

「テツはそう言ってたかい？」

あ、と日村は思った。

テツによると、『千住興業』全体の経営状態はそれほど悪くはないということだった。

「映画館単体では赤字ですが、会社全体ではぎりぎり黒字だと言ってましたね」

「だったら、その犬塚って常務は、何で映画館を閉めたがったり、本社ビルを売ろうとするんだろうな……」

日村はしきりに考えを巡らせた。だが、理由がわからない。

「調べてみる必要がありますね」

「そうだな……」

阿岐本は生返事だ。何か別なことを考えているのかもしれない。日村は言った。

「あの……。他に何か……」

阿岐本は宙を見つめたまま言う。

「ファンの会の嫌がらせだがな……」

「はい」

「誰がやってるかわかんねえんだな?」

「テツは、なんだかややこしいことを言ってましたが、結局、ネットでは追跡できないってことのようでした」

「船渡川さんの前でかっこつけたからな。誰が嫌がらせしているのかわかりませんでした、じゃ済まねえぞ」

「心得ています」

「俺もいろいろと当たってみる」

「はい」

阿岐本がうなずいた。話は終わりだという意味だ。日村は立ち上がり、礼をした。

部屋を出ようとすると、阿岐本が言った。

「こりゃあ、けっこう面倒な話かもしれねえぞ」

すでに充分面倒だと思っているのだが……。

日村はそんなことを思いながら、無言でもう一度礼をした。

組長室を出てドアを閉めると、日村はテツに命じた。

「『千住興業』の常務取締役で、犬塚昭吉というやつがいる。調べられるか?」

テツが、分厚い眼鏡レンズの奥の目をパチパチさせて言う。

「何を調べればいいんですか?」

「取りあえず、どんなことでもいい」

「はあ……」

テツは困った顔をしている。ある程度事情を説明しなければ、調べようもないか……。日村はそう思い、言った。

「その常務が社長に、映画館を閉めて、本社ビルを移転するように働きかけているらしい。その理由がわからないんだ」

テツは、ある程度納得したようだ。うなずいてから、パソコンに向かって何かやりはじめた。

健一が何か言いたげな顔で日村を見ている。日村は健一に言った。

「映画館に行くのを楽しみにしているのかもしれないが、今回はそういうのはナシだと思う」

健一が聞き返す。

「そういうのはナシ……？」

「そうだ。オヤジが言うには、映画館自体には何の問題もなさそうだということだ」

「今言った常務が問題なんですか？」

「それはまだわからない。だが、気になるだろう。何で本社を移転するように、社長に働きかけるのか……」

「会社が火の車なわけじゃないんですね」

「テツが言ってただろう。映画館は赤字だが、会社全体で見ると黒字だって」

「そうでした。じゃあ、効率をよくして黒字幅を大きくしようってことじゃないでしょうか」

「普通に考えるとそうだよな。だけどな、オヤジが言っていた。『千住興業』の本社は自社ビルなんだって」

「あ、そうか。家賃がかからないんですね」

「一部をレンタルスペースなんかにしていて、そこそこ業績がいいらしい。それを手放そうという理由がわからない」

日村はテツを見た。

彼は日村と健一の会話などまったく聞こえない様子で、パソコンの画面に没頭している。この集中力はやはり尋常ではないと日村はいつも思う。

「張ってみますか……」

健一が言った。

「犬塚常務をか？」

張り込みは警察の専売特許なわけではない。ヤクザも必要とあれば、張り込みをやる。借金の取り立てなどでは、対象者が姿をくらまそうとすることが多いので、そうさせないために監視することもある。

「そうです」

健一が言う。「何か手がかりが見つかるかもしれません」

「そうだな……」

日村は考え込んだ。

張り込みをやるにしても、警察と違うのは人手だ。警察は何人かでローテーションを組んだりできるが、ヤクザはそうはいかない。特に阿岐本組の人数は限られている。

一人で張り込みというわけにはいかないだろう。最低でも二人組でやる必要がある。

それは若い衆の大きな負担になることは明らかだ。テツのパソコンで、犬塚の目的を知ることができればいいが、今のところまだどういう結果になるかわからない。もしかしたら、あまり当てにはできないかもしれない。

できることは何でもやってみるべきだ。日村は健一に言った。

「よし、やってみよう。二人一組でやるんだ。健一、おまえ、ローテーションを作ってくれ」

「了解しました」

日村は言った。

「張り込みとなれば、車がいるな……」

するとと、稔が言った。

「自分の車、持ってきましょうか」

稔は元暴走族だ。

「派手な改造車じゃないだろうな」

「昔とは違いますよ。普通のワゴン車です」

「あまり目立つようだと、張り込みには使えないぞ」

「ですから、普通のワゴン車ですって……。色も黒ですし……」

「わかった。持ってきてくれ」

「はい」

稔はすぐに事務所を出ていった。言われたらすぐにやるのがヤクザだ。何事も後回しにはしない。

親や兄貴分に言われたら、すぐに動くのは当然だが、ただそれだけではない。ヤクザというのは言わば情報産業だ。そして、情報は水ものだ。すぐに動かないと儲けのチャンスを逃すことになるのだ。

日村はぽつりと言った。

「あいつ、車なんて持ってたんだな」

健一が言う。

「稔の唯一の趣味が車ですからね。車があれば、バイトもできますし……」

「ヤクザがバイトするのか」

「例えば、の話です」

「例えば、という話には聞こえないな」

健一が何か言いかけたとき、チャイムの音がした。インターホンだ。画面を見た真吉が言った。

「あれ……。甘糟さんですよ」

健一が日村を見て言った。

「何の用でしょう？」

「さあな……」

再びチャイムが鳴る。日村は言った。

「お通ししろ」

日村は応接セットのソファに腰かけた。

真吉が招き入れると、甘糟はいつもと同じく、本当に嫌そうな顔で現れた。

若い衆が声をそろえて言う。

「ご苦労さんです」

甘糟はしかめ面で言う。

「そういう挨拶しないでよ。俺、あんたらのために働いているわけじゃないんだから……」

日村が言った。

「まあ、こちらへどうぞ」

「いいよ、ここで……」

「そうおっしゃらずに……。せっかくいらしたんですから」

「来たくて来たわけじゃないからね」

「真吉に詫びを入れにいらしたわけじゃないですよね？」

公式には警察官がヤクザに謝罪したりはしない。

甘糟は、気づいたように真吉のほうを見て言った。

「悪かったね。けどね、引っ張ったの、俺じゃなくて係長だからね」

真吉がぺこりと頭を下げた。

日村は言った。

「ついでに謝ったりなさらなくてけっこうです。ご用件は？」

「昨日、出前を取ったでしょう？」

「ええ、取りましたが、何か……？」

「『葉月庵』だよね。さっき、係長が厳重注意しに行ったから……」

日村は、眉間にしわを刻んだ。すると、甘糟が、ぎょっとしたように一歩後ずさった。きっと俺は恐ろしい顔をしたのだろうと、日村は思った。

一瞬、ぶち切れそうになった。『葉月庵』の大将は警察からの注意を受けながらも、出前の注文に応じてくれたのだ。仙川係長は、それを潰しに行ったということなのだ。

もう『葉月庵』からも出前は取れないかもしれない。

日村は言った。

「警察はいったい、俺たちをどうしたいんです？　銀行口座も作れない。だから、カードも作れない。その上、出前も取れない。いい加減、俺たちだって自棄《ヤケ》になりますよ。もともとまともな人間じゃないんだ。自暴自棄《じぼうじき》になったら、何をするかわかりませんよ」

甘糟はすっかり青くなっている。

「ちょっとぉ。脅かさないでよ」

「脅しで済めばいいんですがね」

「俺だってちょっとやり過ぎじゃないかと思うけどね……。係長には逆らえないし……」

「逆らうとどうなるんです？」

「冗談でもそんなこと言わないでよ。俺、どっか飛ばされるの、嫌だからね」

「飛ばされるくらい、いいじゃないですか。私ら、このままじゃ生活もままならないんですよ」

甘糟は「うーん」とうなっただけで、何も言わない。

日村はさらに言った。

「警察はね、組を潰せばいいと考えているようですが、組を潰したところで、グレているやつらはいなくなりませんよ。どんな社会でも反社会的な存在は必ず一定数存在するんです」

甘糟はぽかんとした顔になって言った。

「反社会的とか一定数存在とか難しい言葉を知ってるんだね」

「ヤクザをばかにしてます？」

甘糟は慌てた様子で言った。

「いや、そうじゃないよ」

「むしろ、俺たちのような組がそういう連中をコントロールしていたとも言えます。ある時はケツ持ちをし、ある時は牽制《けんせい》をして……。渋谷のハロウィン、知ってるでしょう？　地元の組が健在なら、あんな真似は許しませんよ」

「俺にそんなことを言われてもなあ……」

日村はそう言われて口をつぐんだ。たしかに甘糟に言っても仕方がない。だが、鬱憤《うっぷん》が溜まっていて、誰かにぶつけなければいられない気分だった。

甘糟が言った。

「話は変わるけどね、今度は何をやろうっての？」

「何の話です？」

「しらばっくれないでよ。この前、永神が事務所に来ていただろう？」

「そりゃあ、オヤジと兄弟ですから、たまにいらっしゃいますよ」

「永神が来ると、必ず何か妙なことを始めるだろう？」

「別に妙なことをやっているつもりはありませんが……」

「出版社とか、高校とか、病院とか……。シマ内でおとなしくしてりゃいいものを、いろいろなところに出かけていくよね」

「ええ、まあ……。こっちも、おっしゃるとおりシマ内でおとなしくしていたいんですがね……」

「今度は何？」

甘糟に知られると、邪魔をされる恐れがある。かといって、警察の捜査能力は伊達《だて》じゃない。いずれは知られてしまうはずだ。

どうしたものか……。

日村は迷った末に、ふと思いついた。逃げられないのだったら、利用してやろう。

「北千住にある映画館なんですよ」

「映画館……？」

「今どき、映画館なんて儲からないので、経営者が閉めちまおうかどうか迷っているらしいんです」

「ちょっと待ってよ。それをあんたらが立て直そうってわけ？」

「オヤジはそう考えているようですね」

「どう考えても、あんたらの出る幕じゃないだろう。どこから金を取るつもりだ？」

「ですから、金のことはあまり考えてないんです」

「そんなばかな。ヤクザだろう？　金にならないことに手を出すはずがないだろう」

「もともとヤクザってそういうもんじゃないんです。私らの組は、元はと言えば博徒ですから……」

　言っていてむなしくなってきた。たしかに金を引っ張れる話ではない。

「とにかくさ、俺としてはあんたらにおとなしくしていてほしいわけよ。係長の眼もあるし……」

「その映画館には、ファンの会ってのがありましてね」

「ファンの会？」

「そうです。映画館を存続させようとしている愛好者の団体なんですが、どうやら、その会が何者かに脅されているようなんです」

「脅されている？　どういうこと？」

「ファンの会は、映画館存続のための資金を集めようと、クラウドファンディングってやつを始めたんです。それを妨害しようとするやつらがいるらしいんです」

「ふうん……」

「どうです？　そういうの、放っておけないんじゃないですか？」

「なんで？　訴えでもなければ仕事を増やしたくなんかないよ」

「口ではそんなことを言いながら、気になってらっしゃるんでしょう？　実績になるかもしれませんよ」

「実績……？」

「係長から干されているんじゃないですか？」

　甘糟はうろたえた。

「何だよ、それ。干されてなんかいないよ」

「脅迫の実態をつかんで、犯人検挙につながれば、係長の評価も上がるんじゃないですか？」

「あんたにそんなこと考えてもらう必要なんかないんだよ」

「まあ、私は知っていることをお教えしただけですから……。あとは甘糟さん次第ですね」

「そんなの、俺の知ったこっちゃないね。いいかい、妙なことはせずにおとなしくしていてくれよ」

　そう言うと、甘糟は事務所を出て行った。

　健一が言った。

「警察にあんなこと教えて、だいじょうぶですか」

　日村は言った。

「まあ、見てなって」

13

時計を見ると、午後二時になろうとしていた。

日村は、まだ昼食をとっていない。ということは、若い衆たちも食べていないということだ。

「昼飯にするか」

日村が言うと、健一が応じた。

「コンビニで何か買ってきましょうか」

だいたいこういうときはコンビニ弁当だ。それが悪いというわけではない。最近のコンビニ弁当はなかなか充実している。

だが、あの容器がちょっと残念だ。できれば出前にしたいと、日村は思う。

「そうだなあ……。もう出前してくれそうなところもないしなあ……」

「『葉月庵』に電話してみましょうか？」

「仙川係長が厳重注意に行ったと、甘糟が言っていたじゃないか」

「ダメ元ですよ。代貸はカツ丼でいいですか？」

昨日の昼もカツ丼だった。

「いや、今日は天丼にしよう」

「わかりました」

健一が電話をかける。日村は、いつものソファに腰を下ろして新聞を広げた。記事を眺める振りをして、健一の電話の結果を気にしていた。

やがて、電話を切った健一が言った。

「普通に受けてくれましたよ」

「誰が出た？」

「大将でした」

「出前をしてくれるんだな？」

「そうおっしゃってました」

警察から厳重注意を受けながらも、今までどおり出前をしてくれるということだ。日村はありがたく思った。

「大将には、ちゃんと礼を言ったんだな？」

「はい。もちろんです」

その辺、健一なら抜かりはないはずだと、日村は思った。

その間、テツはずっとパソコンに向かっていた。テツなら、必ず何かを見つけてくれると信じていた。

稔が戻ってきた。

「ただいま戻りました」

「おう、車はどこだ？」

「事務所の前に駐めてあります」

「見にいこう」

稔と二人で事務所の外に出る。たしかに、地味な黒いワゴン車だ。これなら目立たない。

日村はうなずいた。

「いいだろう」

稔が尋ねる。

「それで、いつから張り込みます？」

「早いほうがいいだろうが、人相がわからないことには、どうしようもない」

「そりゃそうですね」

「まずは、飯でも食って考えよう」

「昼飯ですか？」

「そうだ。『葉月庵』に注文した」

「そうですか」

甘糟が来たとき、稔は車を取りにいっていたので、『葉月庵』が厳重注意を受けた件を知らない。だから、ありがたみがわからないのだ。

日村が言わなくても、いずれ健一が説明するだろう。そう思って、日村は事務所の中に戻った。

『葉月庵』のバイトが出前に来た。

　注文した品を受け取り、健一に支払いをさせると、日村はバイトに言った。

「警察から何か言われたんだろう？　それなのに、こうして出前をしてくれて、本当に感謝している」

「えー？　警察からっすか？　俺、よくわかんねえっす。なんせ、バイトっすから」

「大将にそう言ってくれ」

「わかりました。伝えればいいんすね」

　バイトが戻っていき、日村たちはありがたく昼食をいただいた。

　食事をしながら、日村はテツに尋ねた。

「犬塚常務の件、何かわかったか？」

「いえ、たいしたことは……」

「顔写真だけでも手に入れたいんだが……」

「それならあります」

「写真が手に入ったのか？」

「ＳＮＳのプロフィール写真があります」

　便利な時代になったものだ。だが、その便利さは危険でもある。

　誰でも自分の顔写真を入手できると考えると、ぞっとする。もっとも、日村はＳＮＳなどやってはいないのだが……。

テツが立ち上がった。パソコンを取りにいこうというのだろう。日村は言った。

「飯が済んでからでいい」

「はい」

テツは再び腰を下ろした。

稔が言う。

「顔がわかるなら、すぐに張り込み開始ですね」

「そうだな」

日村は健一に尋ねた。「最初の当番は誰だ？」

「稔と真吉です」

「飯の後、すぐに行ってくれ。適当な時間に誰か交代をやる」

「了解です」

食事が終わると、テツが犬塚常務の顔写真をプリントアウトした。稔と真吉がそれを持って出かけていった。

それからしばらくして、インターホンのチャイムが鳴り、健一が出た。

「あれ……。『葉月庵』の大将ですよ」

日村は訊いた。

「大将自ら、器を下げにきたってのか？」

「さあ、どうでしょう」

健一がそう言いながら、出入り口を解錠する。

事務所に入ってきたのは、間違いなく『葉月庵』の大将だ。

日村は立ち上がって言った。

「てっきりバイトが来るものと……」

大将は日村を見て言った。

「日村さん。そのバイトに何か言ったようだね」

日村は眉をひそめた。何か誤解があったのだろうか……。

「別に文句を言った覚えはありませんが……」

『葉月庵』の大将は、ふんと鼻から息を吐いてから言った。

「別に文句を言われたとは言ってない」

「では、いったい……」

「日村さん」

「はい」

「あんた、出前をしたことに、本当に感謝していると言いなすったそうだね？」

「はあ。たしかに、そう言ったと思います」

「健一さんも、電話で俺に丁寧《ていねい》にお礼を言いなすった」

「そうですか。それが何か……？」

「注文してもらって、礼を言うのはこっちのほうなんだよ。商売だからね。毎度ありがとうございます。またよろしくお願いします。そう言うのが商売ってもんだ」

「はあ……」

「だからさ、お客からばか丁寧なお礼なんぞ言われると、調子狂っちまうんだよ。何のつもりか知らねえけど、そういうのやめにしてもらえませんかね」

「あ……」

日村は言った。「本心で言ったことです。大将のところにも北綾瀬署の仙川係長が行ったと聞いています」

「仙川……？　ああ、あの新任の係長か。たしかに来たよ」

「暴対法や排除条例について、厳しい注意があったそうですね」

「ああ、なんかそんなこと言ってたな。それがどうした？」

「おかげで、うちに出前をしてくれる店がどんどん少なくなっているんです。それで、出前をしてくれるというお気持ちがうれしくて……」

「こちとらはね、ご近所さんに注文してもらって商売が成り立っているんだ。暴対法だ？　排除条例だ？　関係ないね。なに、阿岐本組は暴力団なわけ？」

「我々はそうは思っておりませんが、警察の定義では暴力団になってしまうようです」

「うちはさ、親父の代から阿岐本さんにお世話になってるんだ。先代の阿岐本親分にもよくしてもらった。俺たちはね、代々そうやって生きてきたんだ。新しい法律ができたからって、そういう大切なものをぶち壊されたくはないんだよ」

このご時世に、こういう言葉は胸にしみる。日村は深々と頭を下げていた。

健一もそれにならった。テツが慌てて立ち上がってぺこりと礼をする。

『葉月庵』の大将が言う。

「だからさ、代貸。そういうのはナシだって言ってるだろう。さ、器をもらっていくよ」

「はい。こちらに置いてあります」

「お、ちゃんと洗ってくれたんだね」

「さっとすすいだだけです」

「今時はさ、そういうことをしてくれる人が少なくってさ。昔は当然の心遣いだったんだけどな。そばやうどんの汁を残したまま、なんてのもある」

「汁に煙草の吸い殻を放り込んでいるのを見たことがあります」

「ああ。あれはひどいな。またその器で食べる人がいるってのに、何とも思わないのかね」

「人様のことはわかりません。自分らは、ちゃんとしたいと思います」

「古いものは何でも廃れていいという世の中だよな。阿岐本組は廃れちゃいけねえよ。じゃあね」

大将が事務所を出ていく。日村は再び、深々と礼をした。

午後五時になった。日村は、ずっとパソコンに向かっているテツに言った。

「何かわかったか?」

テツはパソコンの画面を見つめたままこたえる。

「いえ、たいしたことは……」

たいしたことじゃないことはわかったということだな。つい、そういうツッコミをしたくなる。

相手がテツでなければ、そうしていたかもしれない。テツは、必要なことは必ず報告する。

彼が何も言わないということは、本当に報告すべきことがないということなのだ。

日村は健一に言った。

「稔たちの様子を見に行くか……」

健一は驚いたように言った。

「自分らが出かけると、事務所はテツ一人になりますが……」

心配そうな様子だ。

「おまえが作ったローテーションではどうなっている?」

「一人ずつ交代しようと思っています。真吉を戻して、自分が入ります」

「じゃあ、すぐに真吉を帰そう。それまではテツ一人でもだいじょうぶだろう」

「張り込みのことオヤっさんに一言、お知らせしておいたほうが……」

日村はその言葉に、ふと考え込んだ。阿岐本はまだ組長室にいるはずだ。

「わかった。ちょっと言ってくる」

日村は組長室に向かった。ノックをするとすぐに返事があった。

「日村です。入ります」

「おう」

組長は机の向こうにいた。「どうした?」

「いえ、ちょっとお知らせしておいたほうがいいと思うことがありまして……」

「何だ?」

「犬塚常務の張り込みをやっています」

「張り込みか……。それで何かわかりゃいいけどな……」

「稔の車を使っています。今、稔と真吉が行っていますので、様子を見て、真吉と健一を交代させようと思います。テツが一人になりますが……」

「いいだろう。任せる」

「はい」

「ただし、気をつけな。犬塚ってやつは、おそらく油断ならねえやつだぜ」

「どこかとのつながりがわかりましたか?」

暴力団との関係があるかもしれないと考えたのだ。

阿岐本はかぶりを振った。

「組関係はねえな。いろいろ当たったが、今のところ何もない」

阿岐本の人脈は半端ない。弱小の阿岐本組が一本独鈷でやれているのも、阿岐本の『顔』のおかげだと言っていい。

その阿岐本が調べてわからないということは、関係はないということだろう。

「犬塚が手を回して、ファンの会に脅しをかけているのかとも思いましたが、考え過ぎですかね……」

「どうかな……。ま、張り込みで何かわかるかもしれねえ」

「はい。じゃあ、失礼します」

「今しがた、誰かきていたようだな？」

「あ、『葉月庵』の大将が……」

「そうかい」

事情を説明しようかとも思ったが、阿岐本が何も尋ねようとしないので、余計なことは言わないことにした。

日村は一礼して組長室を出た。

「健一、すぐに出かけるぞ」

「わかりました」

「テツ、あとは頼んだぞ」

「はい……」

何となく頼りない返事だが、すぐに真吉を戻すつもりだ。その間の留守番くらいはできるだろうと、日村は思った。

健一が稔と連絡を取り合って、車を駐めてある場所を確認していた。おかげで、探すこともなく稔たちと落ち合えた。

日村と健一は後部座席に乗り込んだ。稔が言った。

「勤務中ですからね。犬塚は外には出ていません」

「怪しいやつらは訪ねてこなかったか？」

稔がこたえる。

「つまり、おれたちと同類のやつらということですね？」

「そうだ」

「いえ、そういうのは、見かけませんでした」

健一が言った。

「まあ、何かあるとしてもこれからでしょうね」

日村は時計を見た。午後六時を回った。終業時間が過ぎ、社員たちが続々と帰宅していく。

しばらくすると、ビルの前に黒塗りの車が停まった。それを見た健一が言う。

「あれ、役員車じゃないですか？」

日村は言った。

「そうだろうな」

出入り口から増原社長が出てきて、その車に乗り込んだ。

稔がつぶやく。

「社長だったか……」

その車が出発してしばらくすると、また同様の黒塗りの車がやってきた。これも、役員車だろうと日村は思った。

「あ、犬塚常務です」

真吉が言った。日村は確認した。

「間違いないか？」

稔がこたえた。

「間違いないですね。人相は頭に叩き込んでありますから」

日村は言った。

「よし、真吉は下りて、事務所に戻れ。テツが一人で留守番している。健一と交代だ」

「わかりました」

真吉がすぐに助手席から下りた。日村は稔に言った。

「犬塚常務の車が出発したら、あとをつけるんだ」

「了解です。あ、出ますよ」

「気づかれないように、慎重にな」

稔が車を出した。駅に向かう真吉の姿が見えた。

稔の尾行術はなかなかのものだった。さすがは元暴走族だと、日村は感心していた。どんな連中にも取り得があるものだ。

稔は必ず、対象車との間に車を挟んでいた。あるいは、別の車線から追尾した。逆に信号が近づくと、すいと対象車の後ろに付き、赤信号で置き去りにされることのないようにしていた。

「おまえ、警察官になればよかったんじゃないのか」

思わず日村は言った。

「よしてくださいよ。警察《ヒネ》はゾクの時代からの仇《かたき》ですよ」

健一が言った。

「どうやら、行き先は銀座のようですね」

「不動産屋の常務が銀座か……」

日村は言った。「なんだか、バブルの頃の話のようだな」

たしかにその時代は、銀座のクラブがたいへんな賑わいだったと聞いている。今でも銀座は華やかだが、そんなものではなかったそうだ。

日村は時折、銀座のクラブへも行くが、阿岐本のお供なので、楽しいと思ったことはない。おそらく、自分の金で遊べば、それなりに楽しいのかもしれないと思う。

稔が言った。

「車が停まります」

日村は言った。

「通り過ぎてから停めるんだ。俺と健一は車を下りるから、おまえは車にいて、いつでも俺たちを拾えるようにしていろ」

「了解しました」

稔が車を縁石に寄せて停める。日村と健一はすぐに車を下りた。犬塚常務がどのビルに入ったかは、ちゃんと確認してある。そのビルに駆けつける。

日村はエレベーターの表示を見た。犬塚常務は五階で下りたようだ。健一が言う。

「割烹《かっぽう》のようですね」

店の名前は『重よし』だ。「しげよし」と読むのだろう。

「行ってみるか」

健一が気後《きおく》れしたように言う。

「銀座の割烹で食事ですか……」

「食事をする必要はない。人を探しているとか言えばいいんだよ」

犬塚常務にはまだ顔を知られていない。それが強みだ。

日村と健一はエレベーターで五階にやってきた。『重よし』の暖簾《のれん》があり、その向こうに引き戸があった。

日村はその引き戸を開けた。すぐに和服姿の従業員がやってきて言った。

「いらっしゃいませ。ご予約のお客様ですか？」

「いや、連れを探しているんだ」

「お連れさまのお名前は？」

「お店の中を、ちらっと見せてもらうだけでいいんだ」

とたんに従業員の表情が曇る。日村と健一の素性にはすでに気づいているはずだ。

二人ともヤクザとしては地味な恰好をしている。日村は黒いスーツに白いシャツ。健一はブルゾンに白いスラックスだ。それでも、堅気とは違う雰囲気を醸《かも》し出《だ》しているはずだ。このオーラだけは消せない。

日村は言った。

「『千住興業』の人を探しているんだ」

「ああ……」

女性従業員は、少しばかり安心したような顔になった。「そうでしたか……」

日村はさらに言った。

「犬塚常務が来ているだろう？　誰がいっしょなのかと思って……」

犬塚の名前を聞いて、さらに安心したらしい従業員が言った。

「会社の方はいらしていませんね」

「ちょっと覗かせてもらっていい？」

女性従業員は迷った末に言った。

「どうぞ……」

日村と健一は、彼女に付いていった。カウンターがあり、その奥にテーブル席がある。そのテーブル席の一つに、犬塚常務がいた。その向かい側には一人の男がいた。

その人物を見て日村は、おや、と思った。

どこかで見たような気がしたのだ。女性従業員が声をかけてきた。

「あの……」

日村は言った。

「あ、迷惑をかけたな。これで失礼するよ」

その言葉どおり、すぐさま出入り口に向かった。

14

店を出ると、日村は健一に言った。

「常務といっしょにいた男、見たか？」

「ええ、見ました」

「見覚えがあるような気がするんだが、どこで見たのか思い出せない」

「テレビでしょう」

「テレビ……？」

「あるいは、週刊誌か……」

「何者だ？」

「梅中仁志《うめなかひとし》。確か学者さんか何かでしょう」

「学者……」

「ええ。経済学者だと思いますよ。大学教授としてテレビに出ていましたから……」

ぼんやりと思い出した。かつて、討論番組などに出演しているのを見たことがある。「ヤクザがなぜ討論番組を？」と言われそうだが、実はシノギの役に立つのだ。ヤクザは決して理屈で負けてはいけない。屁理屈でもいいから相手を論破しなければならないのだ。

だから、政治家や有識者が討論をする番組はおおいに参考になるのだ。

「車に戻って、張り込みを続けよう」

健一が稔に電話をして、車を呼び戻した。

先ほど車を下りた場所で待っていると、車がやってきた。

健一が助手席に、日村は後部座席に乗り込んだ。

日村は稔に言った。

「このまま張り込む」

「わかりました」

駐禁の取り締まりなどが来たら、その都度少しずつ移動すればいい。そのへんのことは、稔に任せておけばだいじょうぶだ。

そして、日村はテツに電話をした。

「はい、市村です」

「梅中仁志と犬塚の関係について調べろ」

「ウメナカ……？」

「テレビにも出ていた経済学者だ」

「ああ、あの梅中ですか。わかりました」

テツは余計な質問はしないので、話が早い。おそらく、あらゆる疑問はネットで解けると思っているのだろう。そして、テツの場合、それはあながち間違いとは言えない。

稔が尋ねた。

「梅中仁志ですか？」

助手席の健一がこたえる。

「ああ。割烹で犬塚常務と食事をしていたのが、梅中仁志だった」

「へえ……。けっこう有名人ですよね」

「そうだな……」

二人のやり取りを聞きながら、日村は考えていた。

企業の役員と経済学者。組み合わせとしては不自然ではない。財界人と経済の専門家だ。知り合う機会はいくらでもありそうだ。

こりゃ、外れだったかもしれないな……。

あの二人がいっしょに銀座で会食していても、まったく不自然なことはない。テツに調べろと言ったのは、念のためだ。

健一がフロントガラスから監視対象のビルを見つめたまま言う。

「あの二人、食事の後、どこかに流れますかね……」

日村はこたえた。

「どうかな……。景気のいい時代なら、当然クラブなんかに行くだろうが、このご時世じゃなかなかそうもいかないだろう」

「『千住興業』がそれほど稼いでいるとは思えませんしね……」

「景気がいいのは、ごく一部のやつらだ」

「そうですね……」

日村たちの稼業は、景気の良し悪しを如実に肌で感じる。極論すれば、日村たちのところに回ってくる金は、余計な金だ。景気が悪くなると、そういう金が世の中から消えるのだ。

それから、二時間ばかり張り込みを続けた。幸い、駐禁の取り締まりなどはやってこなかった。

午後九時過ぎに、犬塚と梅中仁志がビルから出て来た。日村は言った。

「健一、彼らを尾行しろ」

「はい」

健一は即座に車を下りた。犬塚常務と梅中仁志は、路地に入っていく。銀座七丁目から八丁目にかけての界隈だ。

碁盤の目のように道路が交差し、ビルがぎっしりと建ち並ぶ。そのビルには、クラブの名前がずらりと並んだ看板が掲げられている。

どこを見ても似たような風景なので、慣れない者はたちまち迷ってしまう。しばらくすると、健一から電話があった。

「二人は『ひいらぎ』という店に入りました。並木通りに面したビルの中です」

「クラブだな？」

「高級そうなクラブです」

健一が中に入って様子を見るのは難しいだろう。犬塚と梅中仁志が銀座の割烹で食事をし、高級クラブに飲みにいったという事実をつかめば充分だ。

「わかった。戻ってこい。今日のところは引きあげよう」

「わかりました」

それから、約五分後に健一が戻ってきた。助手席に座った健一に、日村は言った。

「二人はどんな様子だった？」

「親しそうでしたね。接待というより、友達同士で飲みにいくといった感じでした」

日村は言った。

「そうか。ごくろうだった。稔、車を出せ」

「どこに向かいますか？」

「取りあえず、事務所だ」

「はい」

稔が車を出した。

事務所に着いたのは、九時四十五分頃のことだ。日村はすぐに真吉に尋ねた。

「オヤジは？」

「上に戻られています」

「そうか。おい、テツ、何かわかったか？」

　テツが眼鏡の分厚いレンズ越しに日村を見た。

「二人がいっしょに写っている写真を見つけました」

「何の写真だ？」

「経済団体のパーティーですね」

「経済団体といってもいろいろある」

　テツは、経済三団体の一つの名前を言った。経済三団体というのは、日本経済団体連合会、日本商工会議所、経済同友会だ。

　日村は言った。

「犬塚常務も梅中仁志も、関係がありそうな団体だな。そのパーティーで知り合ったとしても不思議はない」

　テツが言う。

「そうですね……。他に二人の関係を物語る記事とかはありません」

「梅中ってのは、今何をやってるんだ？　今も大学教授なのか？」

「はい。都内の有名私立大学の教授ですね。同時に『サイバーオン』という会社の相談役をやっています」

「『サイバーオン』？　何の会社だ？」

「もともとは、インターネットを利用したリース会社だったんですが、大当たりして、それを元手に、ネット上の金融会社を始めたんです。それで会社がおおいに拡大して、最近は不動産業も始めたようです」

　最後の一言がひっかかった。

「不動産業だって？」

「ええ。一般の賃貸なんかを扱うんじゃなくて、ビルやマンション全体の売り買いなんかの大きな仕事がメインのようです」

「そいつは気になるな……」

　日村は言った。「『サイバーオン』のことを調べておけ」

「いちおう、ざっと調べました。社長は、木島《きじま》新太郎《しんたろう》、四十六歳。正式名称は、『株式会社サイバーオン』です。本社は、青山一丁目にあります」

「梅中がその会社の相談役をやっているのは、なぜだ？」

「会社案内にそのエピソードも書いてありました。社長の木島新太郎は、梅中仁志の教え子だったそうです」

「教え子？」

「ええ。大学の……。それで、会社設立とか、事業拡張とかの節目節目で、梅中仁志に相談をしていたそうです。それが縁で相談役に就任したということです」

　健一が言う。

「なんだか梅中って、抜け目のなさそうなやつですからね。『サイバーオン』がでかくなって、金が引き出せそうだと読んだんでしょうね」

テツが健一に言った。

「『サイバーオン』をでかくしたのは、梅中かもしれないんです」

日村は眉をひそめた。

「どういうことだ？」

「梅中って、前首相の諮問《しもん》機関のメンバーなんかをやっていて、今でも政財界と太いパイプを持っているんです。その人脈から得られる情報を利用しているんでしょうね」

「その情報をもとにして、『サイバーオン』に儲けさせたということか？」

「そういう噂です。事実、梅中仁志が顧問に就任してから『サイバーオン』は事業を拡大して、急成長しているんです」

「それって、犯罪行為ぎりぎりだな……」

日村のその言葉に健一が応じた。

「政治家やその周辺にいるやつらは、ヤクザよりえげつないですからね」

日村はうなずいた。

「稼ぐ額が、俺たちとは桁違いだからな」

「いやあ、だからって……」

真吉が言った。「梅中仁志が怪しいってことにはならないでしょう。犬塚常務と飯食ってクラブ行ったたってだけのことでしょう？」

「そうなんだが……」

日村は言った。「なんだかひっかかるんだ」

真吉が尋ねる。

「何がひっかかるんですか？」

「まず、梅中の政財界へのパイプってのが気になる。そして、『サイバーオン』だ。急成長している会社ってのは、なんだか胡散臭《うさんくさ》い。ビルの売り買いをしているってのが気になるだろう」

真吉が首を捻った。

「そうですかね……」

日村は時計を見た。すでに十時半になろうとしている。

「とにかく、今日は終わりだ。俺は帰る」

健一が尋ねた。

「明日の張り込みはどうしますか？」

「あとで連絡する」

「わかりました」

日村は事務所を出てアパートの部屋に向かった。

部屋に戻ると、ぐったりと疲れていた。これはいつものことだ。肉体ではなく精神の疲れだ。

シャワーではなく、たまには湯船にお湯を入れてつかりたい。日村はそう思った。銭湯の経営立て直しに手を貸したときに、風呂の大切さを学んだ。

日本人のオンとオフの切り替えに、風呂は大きな役割を果たしてきた。いつしか都会に住む日本人は、大きな湯船にゆったりとつかる習慣をおろそかにするようになった。

自ら入浴の快感を放棄したのだ。西洋風のシャワーだけの生活が楽だしかっこいいという風潮があった。

日村自身もそうだった。時間の節約にもなる。だが、入浴を見直して生活が変わった。大げさに言うと、それは暮らしの改革だった。

一日の区切りがはっきりした。その日の疲れはその日のうちに取る。ただゆっくり入浴するだけのことで、そういうけじめができてきた。

要するに、生活にめりはりができたのだ。

湯船に湯が溜まるのを待ちながら、日村はさらに思った。

映画館も銭湯も同じ問題をはらんでいるのかもしれない。要するに、公と個という問題だ。

人々は都市化を求める。それは古今東西変わらないものなのかもしれない。人類はジャングルを出て村を作り、やがてそれが都市に発展していった。

大雑把《おおざっぱ》に言うとそういうものだと、日村は理解していた。

特に日本は田舎を軽視する傾向があるように思う。何でも東京が偉いのだ。その前は、京都が偉かったのだろう。

地方から都会に出て来た者は、基本的には一人暮らしを始める。地方から都会に移り住んだ家族は、ほとんどが核家族だ。

一人者と核家族が、集合住宅に住んでいる。それが都市の典型的な形だ。一人住まいをしていると、わざわざ湯船に湯を張るのが面倒になってくる。水道代や光熱費ももったいない。自然とシャワーだけという習慣になってくる。

核家族でもそういう傾向があるだろう。いずれにしろ、最近はアパートでも風呂付きが多い。銭湯を利用することがなくなる。つまり、公の場で入浴するという習慣自体がなくなっていくのだ。

映画も同じではないか。ずいぶん前からＤＶＤをレンタルする習慣が広まった。最近ではネットで映画やドラマを観る人が増えているようだ。

映画も個々人で楽しむものになった。いつでもどこでも、パソコンやスマホで、あるいは、ネットを通じてテレビで映画やドラマを自由に観られるようになったのだ。

そうなれば、わざわざ映画館という公の場で映画を観る必要もなくなる。他人に気を遣う必要もないし、映画を観ながらの飲食や喫煙も自由だ。一時停止をしてトイレに立つこともできる。

映画館など廃れて当然だと思っていた。だが、それは実際に『千住シネマ』で映画を観る前に思っていたことだ。

風呂もそうだった。銭湯の立て直しを手がける直前、阿岐本のオヤジは組員全員を道後温泉に連れていった。道後温泉は銭湯の親玉みたいな温泉だ。

そこで日村は、風呂に対する認識を新たにしたのだ。いや、変わったのは認識ではない。感覚が変わったのだ。生きていく上では、認識の変化よりも感覚の変化のほうが影響は大きいと、日村は思う。

映画も、そうかもしれない。

これまで、わざわざ映画館で映画を観るのは時間の無駄だし、面倒臭いと思っていた。映画館まで出かけるのもたいへんだし、終わるまで席に縛りつけられたような状態は苦痛だ。他の観客のことも気になる。

部屋で一人で観られるものを、なんでわざわざ映画館に出かける必要があるのかと思っていた。

公の場より、個人の営み。それが世の中の趨勢《すうせい》だと思っていたのだ。

だが、違う。『千住シネマ』で健さんの映画を観たときに、何か特別なものを感じた。健一が言っていた「特別」な感じとか「わくわく感」という言葉が、ようやく理解できた。

人が集まるところには華やかさがある。テキヤの連中がよくハレとケというような話をする。彼らはハレの場で商売《バイ》をするのだ。

ハレの場に足を運ぶのは楽しい。そういう場所に出入りするうちに、他人との関わりを学ぶ。つまり、公衆道徳だ。

道徳を学べと言われても、素直になれないものだ。だが、人が集まる楽しい場所に足を運んでいるうちに、自然に身につく。公衆道徳というのは、本来そういうものだったはずだ。

風呂の用意ができた。服を脱ぎ捨て、湯船につかる。思わず吐息が洩れる。

体中の緊張がほぐれていくのを感じながら、日村は思った。

また映画館に行きたい。

そして、ようやく『千住シネマ』を潰したくはないと、本気で思えるようになっていた。

15

翌日は日曜日で、さすがに役員は休みだろうから、犬塚常務の監視も休ませた。ヤクザに土曜も日曜もないが、若い衆だって少しは休ませないといけない。

月曜日、日村が午前十時に事務所に行くと、テツと健一の姿がない。すでに、犬塚常務の張り込みに出かけているという。

テツは、張り込みなんかをやらせるより、パソコンで調べ物をやらせたほうがよっぽど役に立つ。

日村はそう思ったが、そんなことを稔や真吉に言っても仕方がない。そして、健一が作ったローテーションに文句をつけることはない。

「それで、健一たちはいつ帰ってくるんだ?」

稔がこたえた。

「昼頃に、テツと真吉が交代する予定です。三橋さんが戻るのは、夕方になるかと……」

「わかった。オヤジは?」

「まだ、ご自宅です」

「そうか」

日村は定席のソファに腰を下ろした。テーブルの上に置かれた新聞を、見るとはなしに眺める。

そして時折、ちらちらと稔と真吉の様子をうかがった。

こいつら、消耗しているんじゃないだろうか。そういう気遣いも、代貸である日村の役目だ。

阿岐本のオヤジの気紛《きまぐ》れで、こいつらはいつも振り回される。その度に、同じ気遣いをしなければならない。

組員を大勢かかえ、枝も持っているような大組織ならいざ知らず、阿岐本組は、組長以下六人しかいないのだ。

一人欠けるだけで、他の者に大きなしわ寄せがくる。だから、誰かが疲れ果てて脱落するようなことがないように気をつけなければならないのだ。

もちろん、そんなことは口には出さない。組員たちには、「根性を出せ」とか「やる気を見せろ」などと言うだけだ。だが実は、彼らの限界を見極めようとしているのだ。

ところが、不思議なことに、稔も真吉も妙に潑剌《はつらつ》としている。真吉は、警察に引っ張られたばかりなのに、張り込みもこなしている。

そして、彼らは張り込みと同時に、事務所当番のローテーションも回しているのだ。『千住シネマ』の話が舞い込んでから、彼らは肉体的にきつくなっているはずだ。

にもかかわらず、二人は元気だ。いや、稔や真吉だけではない。健一やテツも、なんだか活き活きとして見える。

同じようなことを、学校のときも、病院のときも感じた。銭湯のときも、だ。

なるほど、やり甲斐というのは、こういうことなのだと、日村は思う。

肉体は疲労しても、まったく疲れを感じず、喜びにあふれているときがある。

若い衆は、社会からのはみ出し者だ。おそらく子供の頃から、自分など世の中に必要ないのだと感じていたに違いない。

そんな彼らが、阿岐本組に来て、地域の人たちから頼りにされるようになった。それは彼らの生き甲斐になった。

だがそれでも、堅気の世界とは違う。はみ出し者であることに変わりはないのだ。

阿岐本が手がけるさまざまな立て直しの話は、いずれも堅気の世界の話だ。そこで役に立てるというのは、若い衆たちにとって、これまで味わったことのない充実感だったのかもしれない。

もしかしたら、阿岐本のオヤジは、そのために無理をしているのではないか……。

日村はふと、そんなことを思い、すぐにかぶりを振った。

そんなはずはない。百パーセント、オヤジの道楽なのだ。

だが、その道楽に付き合う若い衆は、実に潑剌としている。やはりオヤジはそれを見越していたとしか思えない。

オヤジにはかなわないな……。

結局、日村はそう思うのだった。

正午過ぎに、真吉が買って来た牛丼を食べていると、テツが帰って来た。

「ただいまもどりました」

「ごくろう」

日村は尋ねた。「どんな様子だ」

テツは、出入り口付近に立ったまま、分厚い眼鏡の奥の眼を日村に向けて言った。

「犬塚常務は、午前九時に出社しまして、ずっと会社を出ていません」

「役員なのに九時出勤か。勤勉なんだな」

「車で出社していました」

「役員なんだからな」

テツは、それにはこたえず、じっと日村を見ていた。その眼差しに、居心地が悪くなり、日村は言った。

「何だ？　何か言いたいことがあるのか？」

「車を使っているのは、社長と犬塚常務だけです」

日村は、ふと眉をひそめた。

「どういうことだ？」

「役員は他にもいるはずなのに、その二人だけが会社の車を使っているんです」

日村は、テツが何を言いたいのか、あれこれ推理しなければならなかった。

「つまり、こういうことか？　社長はともかくとして、役員の中で犬塚常務だけが特別扱いだということか？」

「三橋さんがそんなことを言ってました」

「言われてみると、銀座の割烹で食事をして高級クラブに流れるなんて、今どき、ちょっと違和感があるな……」

テツは言葉を返さない。彼との言葉のキャッチボールは難しい。

日村はテツに命じた。

「おまえ、その辺のことを含めて、さらに調べておけ」

「わかりました」

テツがすぐにパソコンの前に向かった。

テツと入れ替わりで、今度は真吉が張り込みにつくべく、出かけていった。

それからは、特に何事もなく時間が過ぎていった。阿岐本からの呼び出しもない。阿岐本は、午後一時頃、上階の自宅から一階の組長室に下りてきて、そのまま籠もっていた。

午後二時を過ぎて、日村は睡魔に襲われていた。昼下がりのけだるい時間に、特にやることもないので、どうしても眠くなる。

「あのう……」

テツの声で、眠気が覚めた。日村は尋ねた。

「どうした」

「犬塚常務のことじゃないんですが……」

「何でもいいから、言ってみろ」

「『サイバーオンの黒い噂』って記事を見つけたんですが……」

「黒い噂……？」

日村はソファを立ち、パソコンの画面を覗き込んだ。

「なんだか怪しげなサイトだな……」

日村がつぶやくと、テツが言った。

「あ、わかりますか？　世の中の裏情報を集めているウェブサイトで、かなり無責任な記事ばかりなんですが、記事の中の情報は意外と確かなんです」

一枚の写真が掲載されている。質《タチ》のよくない連中の飲み会の一コマらしい。

テツが言った。

「この中央にいるのが、『サイバーオン』の社長です」

「たしか、木島新太郎という名前だったな？」

「はい。この写真は三年ほど前のものらしいんですが、周囲にいる連中は、半グレです」

「半グレ……」

日村の頭の中で警報が鳴った。

「はい。元暴走族で、この右にいるやつは、現在、飲食店をいくつか経営しています。周りにいるのは、その仲間でしょう」

「あれえ……」

いつの間にか稔が背後にやってきて、パソコンのモニターを覗き込んでいた。

日村は稔に尋ねた。

「どうした？」

「こいつ、知ってますよ」

「知ってる？」

「ええ。名前は、武井《たけい》……。たしか、武井亮治《りょうじ》です」

「ゾク時代の知り合いか？」

「そうです。まあ、知り合いと言うか……」

稔がわずかに顔をしかめる。その表情で、だいたい想像がついた。

「敵対組織のやつだな？」

「ええ、まあ……。十人ほどのゾクを束ねていましたけどね……。えげつないやつらでした。自分の仲間の女に手を出したので、抗争になったことがありました」

「手を出した？」

「強姦です。そういうことを平気でやるやつでした」

日村は、テツに命じた。

「その写真をプリントアウトしろ」

「はい」

すぐに複合機が唸り出す。テツが立ち上がって、写真が印刷された紙を持って来た。それを受け取ると、日村は言った。

「ちょっと、オヤジと話をしてくる。稔、おまえも来い」

稔がたちまち引き締まった表情になる。オヤジの部屋に行くので緊張しているのだ。

ノックをして言った。

「日村です。ちょっといいですか？」

「おう、入んな」

日村が入室すると、机の向こうの阿岐本が言った。

「何事だい」

「『サイバーオン』の木島って社長が、半グレとつながっているらしいんです」

「ほう……。半グレ……」

「これ見てください」

日村はテツがプリントアウトした写真を差し出した。それを受け取ると阿岐本は、眉間にしわを寄せ、目を細くして写真に見入った。

日村は説明した。

「中央にいるのが、木島。その隣にいるのが、武井という半グレだそうです。稔が、武井のことを知っているということです」

阿岐本が稔を見て言った。

「こいつも、ゾクだったってことかい？」

「はい。自分らとは敵対していたグループのリーダーでした」

日村はそれを補うように説明した。

「どうやら、そうとうのワルだったようですね」

「ふん……」

阿岐本は言った。「半グレなんぞになるやつは、ろくなもんじゃねえさ」

まあ、一般人から見れば、ヤクザもろくなもんじゃないのだろうが……。

阿岐本の言葉を聞いて、日村はそんなことを思っていた。

だが、阿岐本が言うこともわかる。ヤクザにはいろいろなしきたりがあったり、付き合いがあったりと、何かと堅苦しい。

昔は礼儀作法にもうるさかったし、堅気には迷惑をかけるな、という親分も少なくなかった。

地回りは、町中の跳ねっ返りを押さえなければならず、意外と好き勝手ができない。

その堅苦しさを嫌うチンピラもいる。

また、ヤクザはピラミッド型の組織なので、上下関係がきちんとしているが、半グレはそうではない。すべてにいい加減なのだ。

「それで……」

阿岐本が日村と稔を交互に見ながら尋ねる。「その武井ってやつは、今は何をやってやがるんだ？」

「飲食店をいくつか経営しているということですが……」

「ふうん……」

阿岐本が再び写真に眼を向ける。「こいつを見る限り、経営者ってガラじゃねえな……」

日村は言った。

「その写真は、三年ほど前のものらしいです」

「三年前……？　武井ってのは今、いくつなんだ？」

稔がこたえた。

「自分たちよりずいぶん上でしたから……。たぶん、今三十歳くらいだと思います」

「……てえことは、この写真の当時は二十代の後半ってことかい？」

「そうだと思います」

阿岐本は、しばらく写真を見つめていた。長い沈黙があり、日村は直立したまま、阿岐本の言葉を待った。

やがて、阿岐本が稔に言った。

「武井について、詳しく調べてみな」

稔は背中をぴんと伸ばしてこたえた。

「はい、わかりました」

「それから、誠司」

「はい」

「永神のやつを呼んでくれ」

「オジキを……？」

「なるべく早いほうがいい」

「わかりました」

日村と稔は組長室を出た。

稔はさっそく、どこかに電話をかけた。昔の仲間かもしれない。ヤクザ稼業は、ある意味、出家みたいなところがあり、盃をもらった時点で、昔つるんでいたワル仲間とはあまり連絡を取らなくなる。

それでも、昔の伝手《つて》で情報は集まるだろう。稔に期待するしかない。そう思いながら、日村は永神に電話をした。

「おう、どうした、誠司」

「あ、オジキ。すいません、オヤジが至急お会いしたいと……」

「アニキが？　そりゃあ、何を置いても駆けつけなきゃな。わかった。三時には顔を出す」

あと三十分ほどでやってくるということだ。この行動力には感心する。やり手のヤクザは一瞬も躊躇しない。

「お願いします」

「ああ、じゃあ、後でな」

電話が切れた。

日村はテツに尋ねた。

「『サイバーオン』と半グレについての記事は他にあるか？」

「いえ、あれだけですね」

「よく見つけたな」

テツは照れたように、ぺこりと頭を下げた。

「引き続き、頼む」

「はい」


永神は、本人が言ったとおり、午後三時にやってきた。

日村は立ち上がって出迎えた。稔とテツも起立して頭を下げた。

「おう。アニキが呼んでるって？」

日村は組長室のドアをノックした。

「永神のオジキがおいでです」

「入ってもらいな」

日村がドアを開けると永神が入室する。

「よう、アニキ。『千住シネマ』の件かい？」

ドアを閉めようとすると、阿岐本が言った。

「誠司、おめえも同席しな」

「はい」

日村は入室した。

阿岐本はソファに移動して、永神にもソファをすすめたが、日村には座れと言わなかった。つまりこれは、稼業の話ということだ。

阿岐本は笑みを浮かべているが、雰囲気がちょっと違う。日村は、阿岐本が座っているソファの後ろに立った。稼業のときの定位置だ。

永神も雰囲気を察したらしい。少しばかり落ち着きをなくしはじめた。

阿岐本が言った。

「わざわざ足を運んでもらって、すまねえな」

「水くさい言い方すんなよ。何だい、話って?」

「おめえ、今回の話に、俺たちの同業者は絡んでねえって言ったな?」

「ああ。そのはずだ。間違いねえよ」

「たしかに、極道は絡んでいなかった」

「そうだろう」

「だが、極道みてえな真似をしているやつらがいる」

「極道みてえな真似?」

「そうだ。『千住シネマ・ファンの会』ってのがあってな。『千住シネマ』の存続のために金集めまでしようっていう奇特な連中だ。その方々に嫌がらせをしているやつらがいるって話だ」

ここで阿岐本は、長い沈黙の間を取った。永神はそれだけで追い詰められたような顔になった。

やがて阿岐本が言った。

「おめえは知ってるんじゃねえのかい？」

永神が目を見開く。

「え？　どういうことだ？　なんで俺が知ってるって……」

「永神よ。俺はさ、別に腹を立てているわけじゃねえんだよ。ここに呼んだのも文句や怨み言を言うためじゃねえ。本当のことが知りてえんだ」

「知ってることは、全部アニキに話してる。本当だよ」

阿岐本はまた無言で永神を見つめた。

永神はすっかり顔色を失っている。日村は、こんな永神を初めて見たような気がする。

阿岐本と永神は兄弟分だけあって、ツーカーの仲だ。まさか、永神が阿岐本をこんなに恐れることがあるとは思ってもいなかった。

日村は、阿岐本のことを知り尽くしていると思っていた。だが、まだ日村が知らない阿岐本の顔があるということなのだろう。

阿岐本が言った。

「半グレらしい」

「半グレ……？」

「もちろん、そいつらがファンの会を脅しているという証拠はねえ。だが、どうやら日村がぴんときたらしい。なあ、誠司」

日村はこたえた。

「はい。いろいろとつながりが見えてきました」

永神が眉をひそめる。

「どういうつながりだい？」

阿岐本が言った。

「説明してやれ」

日村は永神に説明を始めた。

「『千住興業』の常務取締役の犬塚ってやつを調べていたら、経済学者の梅中仁志と親しい間柄のようだということがわかりました。梅中は、大学教授をやっている一方で、『サイバーオン』という会社の相談役をやっています。その『サイバーオン』の社長の、木島新太郎が、武井亮治という名の半グレとつながりがあるということがわかりました」

「待ってくれ」

永神が日村に言った。「ヒモをたぐっていったらいろいろなやつの顔が見えたってだけだろう。それで、どうして半グレがファンの会を脅してるってことになるんだ？」

その質問にこたえたのは、阿岐本だった。

「犬塚っていう常務が曲者《くせもの》でね。どうやら、『千住興業』の本社の売却を目論《もくろ》んでいるらしい」

永神が黙り込んだ。それを見て阿岐本が言った。

「おめえ、やっぱり何か知ってるな？」

16

永神が顔を上げて阿岐本を見た。

「知ってるわけじゃねえんだ。ただ、解《げ》せねえなとは思っていたんだ」

「何が解せねえんだ？」

「噂があったんだよ。『千住興業』が社屋を売りに出すっていう……」

「ほう……。俺たちは、常務のことを調べるまで、そんな話は知らなかったがな……」

永神が慌てた様子で言う。

「いや、だからさ。『千住シネマ』が潰れたら、当然そういう話にもなるわけじゃないか」

「たしかに映画館がなくなりゃ、あの社屋を持っている必要はなくなる」

「そうだろう？」

「だからって、問題は同じじゃねえんだ」

「同じことだろう」

「いや、そうじゃねえな。映画館の存続ってえのは、何というか、言わば文化的な問題だ。だが、社屋を売るの売らないのってえのは、もっとなまぐせえ話だ。おめえは、それをごっちゃにして、俺に丸投げしたわけだ」

「いや、アニキ。俺はそんなつもりはなかったんだ。梅中仁志だの『サイバーオン』とかっていう会社のことも知らなかった。本当だ」

「だからさ」

阿岐本が言った。「俺が妙だと思っていたのはさ、俺が映画館の存続に手を貸したところで、おめえは何にも得をしねえわけだ。そこんところだよ」

「俺だって……」

永神はすっかりうろたえている。「俺だって、損得だけで動くわけじゃねえんだ」

また沈黙。

それに耐えかねたように、永神が話しだした。

「銀行だよ」

阿岐本が聞き返す。

「銀行？」

「今俺たちは、銀行を通して取引をすることができねえ。銀行口座すら作れねえんだ。つまり俺たちは、まっとうな仕事ができねえってことだ」

阿岐本は何も言わず、永神を見つめている。永神が言葉を続ける。

「堅気に会社をやらせようとしても、フロント企業だ何だと言われて、経済活動ができなくなっちまうわけだ」

阿岐本が言った。

「話が見えねえな。それが『千住シネマ』とどういう関係があるんだ？」

「映画館を含めた『千住興業』の社屋は、優良物件だ。それに眼を付けねえ銀行はねえよ。あの土地と社屋に抵当権を付けて金を貸そうってわけだ。だから、『千住興業』と取引のある銀行としてはあの土地や社屋を売却されると困るということになる」

「抵当権さえ付けちまえば、勝手に売ることなどできねえんだ。銀行の思うがままだろう」

「だが、まだ抵当になっているわけじゃねえ。だから、今売られちまったら、それこそ元も子もねえ」

　阿岐本はかぶりを振った。

「わからねえ。どう考えても、銀行がどうのこうのという物件じゃねえ」

「事実、『千住興業』と取引のある銀行はその件に積極的に関わろうとしている」

「その銀行が、おめえとどう関係があるんだ？」

「『千住興業』の売却の話をなくしてくれれば、俺のシノギに関する取引を考えてもいいと……」

　それを聞いて日村は目を丸くした。さすがの阿岐本も驚いた様子だ。

「銀行がヤクザにそんなことを言うのか」

「もちろん、直接じゃねえ。間に民間の金融会社が入っていて、そこのやつが言っていることだ。本来なら間に民間が入ったとしても、銀行と俺たちとの取引はすべて御法度《ごはっと》だ。けど、『千住興業』の件を何とかできたら、その間に入った民間金融会社との取引はなんとかしようじゃないかということなんだ」

「そして、その間に入った民間金融を通じて、金のやり取りができる、と……」

「俺たちにとっても死活問題なんだよ」

「なんでそれを、最初から言わねえんだ。おめえは結局、俺を利用しようとしたってことになるんだぜ」

「利用だなんて、滅相もねえ。うちの内部事情なんて余計なことだと思ったんだ。アニキに頼んだのは、あくまでも『千住シネマ』の件で、『千住興業』社屋売却のことじゃねえ」

「いや、そういう事情を教えねえで丸投げとなりゃあ、つまり、利用したってことになるじゃねえか」

「いや、そんなつもりは……。俺はただ、アニキなら映画館を見事に再建してくれると期待したわけで……」

永神は、すっかり小さくなっている。

「しかしなあ……」

阿岐本が考え込む様子で言った。「やっぱり、その銀行が考えていることがわからねえ。『千住興業』の土地社屋は、たしかにそれなりの価値があるだろうが、それでも銀行にとってそれほどうま味がある話とは思えねえ」

永神の表情が変わった。

「実はさ……。俺も妙だとは思っていたんだ。なんでその銀行は、そんなにご執心なんだろうってな。今日、アニキや誠司の話を聞いて、ちょっとだけ腑に落ちた部分がある」

「腑に落ちた部分？」

「ああ。常務が土地と社屋を売却したがっているんだろう。……で、そいつは梅中仁志や『サイバーオン』って会社とつながっている。その辺に何か、からくりがありそうだ」

「だから、それを調べているんだよ。それが解決しない限り、映画館の存続はねえと俺は睨んでいる」

永神がうなずいた。

「俺のほうでも調べてみる。それだけの手がかりがありゃあ、何かわかるだろう」

「俺はさ」

阿岐本が言った。「おめえが、半グレには手が出せねえんで、何もかも知った上で、俺に押しつけたのかと思ったよ」

「その辺のことは、本当に知らなかったんだ。すまねえ。このとおりだ」

永神は膝に手をついて、深々と頭を下げた。

「ところで、永神よ」

永神が顔を上げる。

「え……？」

「おめえ、映画館、好きか？」

「そりゃあ……」

「俺はさ、ぶっちゃけた話が聞きてえんだ。こないだ、健さんの映画を観ようってときに、おめえは一人帰っちまったよな」

「忙しかったからだよ」

「そこなんだよ」

「そこ？」

「みんな忙しいとか言って、映画館に足を運ばなくなる。行き帰りのことを考えたら、半日つぶれちまうこともあるからな」

「だろう？　なかなかそんな時間は取れねえよ」

「みんなそう言うが、きっと、何とかなるんだよ」

「いや、そうは言っても……」

「昔の人が今に比べてそんなに暇だったわけじゃねえと思う。高度経済成長の頃なんて、日本人は今よりよっぽど働いていたと思うぜ。それでも、みんな映画館に足を運んでいたんだ」

「今じゃネットでたいていのことができるからなあ。映画だってドラマだって、ネットを使えば見放題だ」

「それとは別だと思うんだがな……」

「何が別なんだ？」

「映画と映画館は、また話が別だってことさ」

「映画と映画館は別……？」

永神はきょとんとした顔をしている。かつての日村なら、おそらく同じような顔をしたはずだ。

だが、今なら阿岐本の言うことが理解できるような気がした。

阿岐本が言った。

「つまりさ、時間を見つけて人が集まる場所に足を運ぶ。それが、他人を知ることであり、社会を知ることの第一歩だと思うわけだ。そして、それが、ひいては日本の民主主義につながるんだと思う」

日村は、さすがにこの言葉にはびっくりした。映画館が民主主義につながるというのはわからない。

だがきっと、阿岐本の中では筋が通っているのだろう。

永神は、あんぐりと口を開けて阿岐本を見つめている。

やがて、阿岐本が言った。

「おめえも、時間を作って映画館に行ってみな。『千住シネマ』に関わっておいて、そこで映画を観たこともねえんじゃ、話にならねえ」

「ああ……。わかった」

「口だけじゃねえだろうな」

「これからすぐに、『千住シネマ』に行ってくる」

阿岐本が満足げにうなずいた。

「それじゃ……」

　永神が立ち上がった。

　組長室を出ると、永神が大きく息をついた。

「ああ、寿命が縮まったぜ」

　日村は言った。

「半グレの件ですが、稔が何か知っているようです」

「稔が……？」

　稔は、また電話をかけていた。手がかりを得ようと手当たり次第にかけているようだ。

　その電話が終わるのを待って、日村は声をかけた。

「おい、何かわかったか？」

　稔がこたえる。

「武井のやつは、ゾクが解散してから、地元でぶらぶらしてましたが、三年前から東京に出て昔の仲間なんかと、儲け話を探していたようです。噂では、特殊詐欺のグループに加わっていたということですが……」

　日村が言った。

「地元ってどこだ？」

「千葉です」

「今は、飲食店をやっているそうだな？」

「はい。ガールズバーに、若者向けのカラオケスナックを二軒、渋谷の道玄坂でやっているようです。『サイバーオン』の木島新太郎とは、自分のカラオケスナックで知り合ったようですね」

永神が稔に尋ねた。

「武井亮治のフルネームは何だっけ？」

永神は稔の話を聞いて、メモも取らなかった。だが、必要なことはすべて頭に入っているはずだ。一人前のヤクザというのは、そういうものだ。

永神がつぶやくように言った。

「半グレってのは、やっかいだな……」

日村はこたえた。

「おっしゃるとおりです」

「やつら縄張り意識とか、上下関係とか関係ねえから、好き勝手やりやがる。組に所属しているわけじゃねえんで、何かあるたびに適当にグループを組んで事に当たるんだ」

「そのようですね」

「昔のチンピラはヤクザに一目置いたもんだが、半グレはそうじゃねえ。ケツ持ちも必要としてねえしな」

「はい」

「俺たちが手を出せば、暴対法でしょっ引かれるから、やつらは野放しだ。こんな不公平な話があるか」

たしかに永神が言うとおりだ。

地元のヤクザがしっかりしていれば、半グレの特殊詐欺や暴力沙汰を黙って見過ごしはしない。だが、今、暴対法と排除条例で、ヤクザはその力を奪われている。

まあ、その点、自業自得という面もある。一時期、一般人を巻き込んだ抗争事件が続発した。警察としては見過ごしにはできないと判断したのだろう。

任侠よりも金というヤクザが主流となったことも問題だった。金のためなら何でもやるというヤクザが縄張り争いや権力闘争を繰り返し、その結果が現状なのだ。

「しかし」

日村は言った。「『千住シネマ』の件、引き受けたからには、何とかしなければなりません」

永神はうなずくと、日村に言った。

「わかった。何かつかんだらおまえに知らせる」

「はい。お願いします」

「じゃあ、これから俺は、映画館に行ってくるからよ」

永神は、事務所を出ていった。

日村は稔に言った。

「武井のことを、もっと調べろ。何か弱みをつかめるといいんだが……」

「わかりました」

日村は、定席のソファに腰を下ろして、永神が組長室を出たときにやったように、ふうっと大きく息をついた。


午後六時半になると、稔が言った。

「三橋さんと交代する時間です」

日村はこたえた。

「わかった。行ってくれ」

稔が事務所を出ていく。

それから、約一時間後、健一が戻ってきた。

「ただいま、戻りました」

「おう、ごくろう」

日村は尋ねた。「どんな様子だった？」

「出社したきり、動きはありません」

「怪しげな客の出入りは？」

「特にありませんが、いちおう、会社に出入りする人物は写真を撮ってあります」

今どきは、カメラを持ち歩かなくてもスマホで何とかなる。ズーム機能もばかにならない。

警察や探偵は、そうした便利なものの恩恵を受けているだろうが、ヤクザもそうだ。

そのとき、チャイムが鳴り響いた。玄関のインターホンだ。すぐ近くにいた健一が、モニターを覗き込む。

「あれ……。香苗ですよ」

健一が返事をしようとした。それを制して日村は言った。

「いい。俺が出る」

インターホンの画面を覗くと、たしかに香苗の姿があった。私服姿だ。

日村はインターホンのボタンを押して言った。

「何の用だ？」

「ファンの会のことについて、いろいろ相談しようと思って……」

「ファンの会のこと？」

「そう。船渡川さんもいっしょなんだけど」

たしかに、香苗の後ろに誰か映っている。船渡川を追い返すわけにはいかない。日村は溜め息をついてから言った。

「ちょっと待ってろ」

玄関を解錠すると、まず香苗が入ってきた。

「こんにちはー」

日村は言った。

「こんにちは、じゃない。高校生が出入りするようなところじゃないと、何度言ったらわかるんだ」

「遊びに来たわけじゃないよ。ファンの会の今後とか、クラウドファンディングのこととか、相談しようと思って来たんだ」

船渡川の仕事が終わるのを待って待ち合わせたのだろう。それでこの時刻になったわけだ。

船渡川が言った。

「私は来たくて来たわけじゃないんです」

ならば来なけりゃいいだろう。日村がそう思ったとき、組長室のドアが開いた。

「おう、お嬢」

香苗が言う。

「あ、親分さん。こんにちは」

「はい、こんにちは。船渡川さんも、ようこそおいでくださいました」

船渡川は無言で頭を下げた。

香苗が言う。

「親分さんがいろいろとやってくださっているのは知ってるわ。それでね、ファンの会も黙って見ているわけにはいかないと思うの」

「うん。お嬢はやっぱり前向きだねえ。勉強になるよ」

「『千住シネマ』に少しでも多くの人に足を運んでもらう。そのために、ファンの会に、もっとできることがあるんじゃないかと思って……」

「うん。いいねえ。それで、お嬢たちは夕飯は食ったのかい？」

「ううん。まだだよ」

「飯時だ。出前でも取るか。『葉月庵』はどうだ？」

「わかりました」

日村はすぐに健一に命じた。健一がみんなから注文を取り、電話をする。

阿岐本が言った。

「俺の部屋でもいいが、こういう話はみんなにも聞いてもらいてえ。ここで話をするか……」

阿岐本が来客用のソファに向かった。日村は、船渡川と香苗をそこに案内した。

腰を下ろすと、さっそく香苗が言った。

「私、滅多に映画館には行ったことなかったのよ。でね、『千住シネマ』に行ってみて、楽しいなあって思ったわけ。私みたいに、食わず嫌いっていうか、経験しないで行きたくないって思っている人がけっこういると思うのよね。そういう人に何とか足を運んでもらう工夫はできないかと思って……」

阿岐本がうなずく。

そのとき、「それ、違うと思います」という声がした。

テツだった。日村はびっくりした。自ら発言することなど滅多にないテツだ。ましてや、普段は他人の会話に割り込むことなどない。

「ほう……」

阿岐本がテツを見て言った。「何がどう違うのか、説明してみな」

テツが立ち上がった。

17

日村は、テツがどんなことを言いだすのか心配でならなかった。いや、それ以前に、オヤジの前でちゃんと話ができるのだろうかと不安だった。

案の定、立ったまま口をぱくぱくさせるだけだ。

いいから黙って座ってろ、と日村が言おうとしたとき、阿岐本が言った。

「慌てなくていいんだぜ。ちゃんとした考えってのはな、どこから話しはじめても辻褄《つじつま》が合うもんだ。だから、心配しねえで、思いついたことから言ってみな」

テツは、ごくりと喉を動かしてから話しだした。

「む、無理やり何かをやらせようとしても、誰もその気にはなりません」

阿岐本がうなずく。

「そうだな。だが、きっかけというのも大切だろう。人が何かを好きになるとき、そのきっかけってもんがあるはずだ。違うかい？」

「きっかけは、与えられるものじゃなくて、見つけるものです。与えられたきっかけにも、僕らは興味は持てません」

「だがな、他人に教えられて初めて楽しさに気づくってこともあるだろう。お嬢たちは、その方法を探そうとしているんだよ」

テツはかぶりを振った。

「誰かに映画館に引っ張って行かれても、ただ苦痛なだけです。映画が始まったら、ずっと席に座っていなきゃならない。トイレにも行けない。食べたり飲んだりだって、制限があるでしょう。それって、とても辛いことです」

「そうかなあ……」

「そうなんです。僕なんかはそう思います」

日村はひやひやしていた。

俺は、オヤジに対して、とてもこんな口はきけない。いや、日村だけじゃない。健一にも稔にも真吉にも無理だろう。

テツにしかできない芸当だ。オヤジも相手がテツだから辛抱強く耳を傾けているのだ。

「でも、映画館に足を運ぶ人は多い」

「それは、映画館が楽しいということを知っているからです」

「だから、それをもっと多くの人に知ってもらおうと思っているわけじゃねえか」

「知ってもらうだけじゃだめです」

「実際に経験してもらうのはどうだい？　例えば、抽選で無料招待するとか……」

「学校の遠足も運動会も楽しくありませんでした」

「え……？」

阿岐本が虚を衝かれたような顔をした。こんなことは珍しい。

日村も思わずテツの顔を見つめていた。テツが言った。

「興味もないことに、学校の行事だからといって引っ張り出されるのは、とても苦痛でした」

「あ、それ、わかるなあ」

香苗が言った。「面倒臭いのよね」

まあ、学校にまつわるすべてのことが、俺にとってはつまらなかったがな……。

日村はそんなことを思っていた。

テツが言った。

「つまり、何かに参加させられるというのは、そういうことなんです」

「しかしなあ……」

阿岐本が言う。「でも、それじゃあ打つ手なしってことじゃねえか。せっかくお嬢たちが、何かできねえかって考えているってのに……」

「そうよ」

香苗が言う。「もっと前向きに考えなきゃ……。ファンの会にだってできることがあるはずじゃない」

「た……、たいていのイベントって、労多くして結果がついてこないんです。主催者側は疲れ果て、イベントを開催したというだけで満足してしまいます。参加者は、その時だけ盛り上がったとしても、会場を離れればすぐに忘れてしまうんです」

阿岐本が尋ねる。

「イベントが無駄だってのかい？」

「無駄です」

テツが即座に言ったので、日村は驚いた。

阿岐本も面食らった様子だった。

「いやあ、それでも世の中にはイベントがたくさんあるじゃないか」

「でも、効果を上げているイベントは少ないと思います」

香苗が言った。

「じゃあ、どうしようもないわけ？」

テツが一瞬、しどろもどろになる。

「いや、そういうわけじゃなくて……」

阿岐本が尋ねる。

「何かやりようがあるってことかい？」

考えをまとめるためだろうか。テツはしばらく間を取った。やがて、彼は言った。

「人間には好奇心があります」

阿岐本が聞き返す。

「好奇心？」

「はい。だから、つい興味を引かれることがあるんです。そして、自分から興味を持ったことを体験すると、たいていはそれが習慣になります」

「お嬢たちは、どうやったら人々の興味を引けるかって話をしてるんだよ」

「楽しめばいいんです」

「楽しむ……？」

「他人が興味を引かれることって、誰かが本気で楽しんでいることなんです。人にどう思われようと、自分は楽しい。そう思っている人を見ると、人は引き付けられるんです」

「言いたいことはわかるが、具体的にどうしていいのかわからねえな」

「人を引き込もうなんて思わないで、自分がただひたすら楽しめばいいんです。その姿を見ている人は必ずいます」

　阿岐本と香苗が顔を見合わせた。二人ともぴんときていない様子だ。日村も同様だった。

　テツはさらに言った。

「ファンの会のウェブサイトに、会員が自由に書き込める掲示板がありますよね？」

「ああ」

　船渡川が言った。「そこに脅迫の書き込みがあったわけだ」

　それにかまわず、テツは続ける。

「せっかくそういう場があるのに、活用できていません。そこに会員が、映画館はどれくらい楽しいか、『千住シネマ』に行くとどんな楽しいことがあるのか、そういうことをどんどん書けばいいんです」

　阿岐本が戸惑ったような表情で言った。

「そんなことで何かが変わるとは思えねえな……」

「本気で楽しいと思っている人たちが、生の声を書き込むことが大切なんです。こういうのはヤラセじゃだめなんです。本気の書き込みは、次の書き込みを呼び、そしてまた次の書き込みを呼びます。そうやって興味を引かれた人が『千住シネマ』に足を運べば、それは本当の体験になります。大切なのは、ファンの会の人が、本気で『千住シネマ』で楽しむことなんです。マジに楽しんでいる人たちがいれば、必ず注目されます」

「ふうん……」

阿岐本が言った。「本気で楽しむ、か……」

「それなら、自信がありますよ」

船渡川が言った。「コーラとポップコーンを買い、劇場のシートに座って予告編を観るときの気持ちは、何ものにも代え難いものがあります」

「そういう率直な言葉が必要なんです」

「何となくわかった気がする」

香苗が言った。「わざとらしいのはダメなのよね」

テツが何度もうなずいた。

「わざとらしいのとか、押しつけがましいのとかは、あっという間に拒絶されます。みんなそういうのに敏感ですから……」

阿岐本が尋ねた。

「おめえの言う『みんな』ってのは、誰のことだ？」

「えーと……。一般大衆です」

船渡川が尋ねた。

「ネットの住人ということじゃないの？」

テツがこたえる。

「それ、今や一般大衆と同義語ですよ」

「そうだよね」

香苗が言った。「それ、わかる」

そうなのだろうか、と日村は首をひねった。世の中の人がみんなインターネットを使いこなしているわけではないだろう。だが、日村の若い頃とは時代が違う。もしかしたら、テツや香苗が言っていることが正しいのかもしれない。

「だがな……」

阿岐本が言う。「ネットだけじゃなんだかもの足りねえ気がするんだがな……」

それに対して、テツが言う。

「ファンの会が『千住シネマ』で何か集まりをやればいいと思います」

「それって、イベントってことじゃねえのか？」

「違います。ファンの会だけの集まりです。誰かを巻き込もうとか、一般の人を呼ぼうとか考えないんです。ただ、映画館が好きな人が集まって、好きなようにやるんです。つまり、お祭りです」

「ふうん……。イベントと祭りって、同じじゃねえのかい」

「違います」

「どう違うんだ？」

テツは困ったように言った。

「うまく説明できないけど……。とにかく、違うんです」

阿岐本はしばらく腕組みして考えていたが、やがて香苗に言った。

「お嬢、どう思う？」

「そうねえ……。ネットに書き込むのは簡単だし、ファンの会の人が映画館に集まるのは、それほど特別な感じはしないよね」

船渡川が難しい顔で言う。

「そうですねえ……。そんなんで効果があるなら、誰でもやってるでしょう」

阿岐本がテツに言った。

「俺も、船渡川さんがおっしゃることはもっともだと思う。そのへん、どう思うんだ？」

テツが誰とも視線を合わせずに言った。

「でも、やってませんよね」

阿岐本が「えっ」と言う。

テツがさらに言った。

「誰でもやってるでしょう、と言いながら、実際にはやっていませんよね」

船渡川が言った。

「そりゃあ……。ファンの会の掲示板は、脅迫とかで荒れていたからね……」

「脅迫がある前から、掲示板には事務的な連絡事項とかばかりで、会員の生の声は書かれていませんでしたよね？」

「まあ、そう言われりゃそうだが……」

船渡川がさらに難しい顔になる。

テツが言う。

「ファンの会だから、今さら映画館に対する思いなんて書かなくていいとか、なんだか熱く語るのが照れくさいとか、あと、面倒臭いとか……。書き込む前にいろいろなことを考えてしまうんです。そういうのをナシにして、素直な気持ちを書くことが大切なんです」

「そうね」

香苗が言った。「別にやって損はないわよね。考えてみれば、本当に楽しそうに何かをやるなんてこと、あんまりないなあ……」

「祭りか……」

阿岐本が言った。「たしかに、子供ん頃は、神社で笛や太鼓の音が聞こえたら、駆けつけずにはいられなかったなあ……。屋台が並んでいるだけなのに、やたら楽しそうだった。祭りには自然に足を運びたくなるもんだ」

香苗が船渡川に言った。

「私、健さんの映画を観たときの、あの気持ちを掲示板に書き込んでみる。船渡川さんも、何か書いてくださいよ」

船渡川が言った。

「まだ、脅迫している連中が誰かわからないんだろう？　そんなことを掲示板に書き込んでいていいんだろうか……」

阿岐本が言った。

「だからこそ、やるんですよ」

「え？　だからこそ……？」

「こっちがびびったら、相手の思う壺ですよ。テツの言うとおり、楽しんだ者勝ちかもしれない」

「楽しんだ者勝ちですか……。しかし、今はなかなかそんな気持ちにはなれませんね」

「脅迫者のことは、私らにお任せください。すでに、犯人の目星はついていますから」

船渡川が目を丸くした。驚いたというより、怯えている感じだ。

「え……。まさか、物騒なことにはならないでしょうね……」

「ご心配なく」

阿岐本は笑顔を見せた。「ファンの会や『千住興業』さんには、ご迷惑をおかけするようなことはありません」

船渡川が不安げに眼をそらした。

「船渡川さんも、掲示板に書き込みしてくれますよね？」

香苗が念を押すような口調で言った。船渡川は、戸惑ったような様子でうなずいた。

「ああ……。まあ、書き込むだけなら……」

「『千住シネマ』についての、素直な思いを語ってくださいよ」

「わかった」

「じゃあ、掲示板の件はそれでいいとして……」

香苗は腕を組んで考え込んだ。「映画館にファンの会の会員を集めて、何をやればいいのかな……」

船渡川が、ふと何かを思い出したように言った。

「昔、リクエスト上映会というのをやって、すごく楽しかった記憶があります」

香苗が聞き返す。

「リクエスト上映会？」

「ファンの会で演目のリクエストを募集して、その上位三本を日曜日に上映したことがあるんです。特にファンの集いといった催しじゃなかったんですが、当然ながらファンの会の会員が集まりました。そうすると、不思議なことに、いつもより一般のお客さんも入ったんです」

テツがうなずく。

「それって、イベントじゃなくて、お祭りだからです」

それを聞いて、阿岐本が言った。

「ようやく、テツの言うことがわかったような気がする。誰かがどこかで楽しそうなことをやっていれば、自然とそちらに足が向くってことだな」

「みんなの、そういうものに対する嗅覚《きゅうかく》は、侮れないんです。そのリクエスト上映会のことも、一般の人には知らせてなかったんでしょう？　それでも、不思議なことに人が集まってくるんです」

「うん。祭りってのは、そういうもんだな」

「そのリクエスト上映会っていうの、またやりましょうよ」

香苗が船渡川に言った。

「そう言えば、しばらくやっていなかったな。このところ、ファンの会の連中と飲むこともなくなった……」

阿岐本が尋ねる。

「どうして、飲まなくなったんでしょう？」

「ファンの会ができた当初は、何かにつけて集まっていたんです。でも、クラウドファンディングを始めた頃から、そういう機会が減って……。金集めという明らかな目標ができて、みんなの気持ちが一段落しちゃったんじゃないでしょうか」

「なるほどねえ……。金が絡むと、妙に現実的になりますからね」

船渡川が言った。

「そして、例の脅迫の件もあります。掲示板であういうのを見ると、会員の心も離れていくでしょう」

阿岐本は何かに納得したように、何度もうなずいてから言った。

「ようやくわかりましたよ」

船渡川が怪訝そうな顔をする。

香苗が尋ねた。

「親分さん。何がわかったの？」

「何をどう直せばいいのか、だよ」

「何をどう直せばいいか？」

「そう。映画館を見て思ったんだ。こりゃ、どこも直す必要はねえってね。でも、映画館の経営を立て直すためには、何かを直す必要があるだろう。俺はずっと考えていたんだよ。今、わかった。直すのは映画館じゃねえ。ファンの会なんだ」

船渡川が戸惑った様子で言う。

「ファンの会をどうやって……？」

「まずは、テツが言ったとおり、掲示板の書き込みでしょうね。そして、また自然と集まれるような雰囲気を作ることです」

「はあ……」

「ファンの会の目的ってのは、金集めとかじゃなくて、もっとぼんやりしたもののほうがいいのかもしれませんねえ」

船渡川は難しい顔でうなずいた。

「そうかもしれません」

そのとき、インターホンのチャイムが鳴った。応対した健一が言った。

「『葉月庵』です」

阿岐本が言った。

「おう、ちょうどいい。方針が決まったところで、夕飯にしよう」

バイトが岡持ちを持って事務所に入ってきた。注文した品を次々と取り出してテーブルに並べていく。

「昨日、大将が来なさったそうだね？」

「え？　そうすか？　自分、よくわかんないっす。なんせ、バイトなんで……」

「そうかい。まあ、とにかくよろしく伝えてくんな」

「わかりましたあ」

日村が健一に財布を渡し、支払いをさせた。『葉月庵』のバイトが出ていくと、阿岐本が言った。

「さあ、難しい話は置いといて、食べましょうや」

18

午後九時過ぎに食事を終えて、香苗と船渡川が事務所を出ていった。それから、ほどなく、阿岐本も上の階の自宅に戻った。

テツはまたパソコンに向かっている。

日村はその姿を眺めながら思った。

やっぱりこいつはたいしたもんだ。オヤジや船渡川に対して堂々と自分の意見を述べたのだ。そして、阿岐本を納得させた。

テツは、阿岐本が思案していた問題に解答を与えたのだ。俺にはできない芸当だ。

日村は健一に尋ねた。

「今日の当番は誰だ？」

「稔と真吉が張り込みですから、自分がやろうと思っています」

明日も張り込みは続く。健一は、自宅に戻ってゆっくり休みたいはずだ。

「今日はいい。俺が残るから、おまえらは帰れ」

健一が目を丸くする。

「代貸に当番をやっていただくわけにはいきません」

「代貸だろうが何だろうが、オヤジの子には変わりない。だいじょうぶだ。ソファで寝ているだけだから」

「いや、しかし……」

「明日も存分に働いてもらわなきゃならないからな。いいから、おまえらはもう帰れ」

そのとき、テツが言った。

「もしかしたら、これ……」

日村と健一は同時にテツのほうを見た。テツはパソコンの画面をしげしげと見つめている。

日村は尋ねた。

「どうした？」

「ええと……」

テツは日村の顔を見つめた。何を考えているのかさっぱりわからない。

「何か見つけたのか？」

テツがこたえる。

「都市局市街地整備課なんですが……」

「トシキョク……？」

「国土交通省の部署です」

「国土交通省？　それがどうしたんだ？」

「そこからいろいろと辿っていくと、北千住再開発という単語が眼についたんです」

「北千住再開発……」

「市街地整備課が主催する懇談会についてのサイトで……」

「再開発の計画があるということか？」

「わかりません。その単語が見つかっただけなんです」

「見せてみろ」

日村はテツの席に近づき、パソコンを覗き込んだ。

懇談会の出席者の一人の談話という形で短い文章が掲載されている。その中に、たしかに「北千住再開発」という言葉がある。

日村は何度かその文章を読んで言った。

「これだけじゃ何のことかわからないな」

テツは何も言わない。

だが、国土交通省の部署のサイトから辿っていって、この言葉が見つかったというのは無視できないだろう。

日村はテツに言った。

「よく見つけたな。もっと詳しく知りたい。引き続き調べてくれ」

「はい」

「あ、続きは明日でいいぞ。今日は帰れ」

テツは健一を見た。

健一が言った。

「じゃあ、お言葉に甘えて、失礼させていただきます」

「ああ」

テツがパソコンの蓋をパタリと閉じて、それを脇に抱えた。そして、日村にぺこりと頭を下げる。

こいつ、帰宅してもパソコンで調べ物をするつもりだな……。

日村はそう思ったが何も言わなかった。

いくら働けと言っても無駄なやつもいるし、働くなと言っても仕事をしたがるやつもいる。

健一とテツが出ていき、事務所で一人になると、日村は阿岐本に電話した。

自宅に戻っている阿岐本に電話をすると嫌がられるかもしれない。それでも、大切な連絡が遅れるよりはずっといい。

阿岐本はすぐに電話に出た。

「誠司か。何だ？」

「テツがネット上で、気になる言葉を見つけまして……」

「気になる言葉？」

「はい。北千住再開発です」

しばらく沈黙があった。阿岐本は何事か考えているのだろう。やがて、声が聞こえてきた。

「いったい、誰がそんなことを言ってるんだ？」

「それが問題でして……。テツは、国交省の市街地整備課とかいう部署のサイトから辿っていって、その言葉を見つけたようです」

「国交省……？　なんでそんなサイトを調べていたんだろうな。テツのやることは想像がつかねえ」

「まったくです」

「事務所には誰かいるのか？」

「真吉と稔は、張り込みです。健一とテツは帰らせました」

「じゃあ、おめえ一人だな？」

「はい」

「じゃあ、下りていく。ちょっと待っててくれ」

「はい」

電話が切れた。

それから五分ほどして、阿岐本が事務所に姿を見せた。応接セットのところにやってくると、阿岐本はソファに腰を下ろす。

「おめえも座んな」

「はい」

日村は、テーブルを挟んで阿岐本の向かい側に座った。

「俺はさ、永神の話にどうも今一つぴんとこなかったんだ」

「銀行の件ですね。自分もそうでした」

「抵当権つけて金を貸すだけじゃ、特に銀行にうま味はねえ」

「はい」

「だが、再開発となれば話が違ってくる。莫大な金が動くだろうからな。銀行としても一枚噛んでおきたい話だ」

「おっしゃるとおりだと思います」

「梅中仁志のやつは、その開発話を知っていたんだな……。政府との太いパイプを持っているようだから、やつがそういう情報を知っていても不思議はねえ」

「そして、その情報をもとに、自分が相談役をやっている『サイバーオン』を儲けさせようと考えた……。こういうことですね？」

阿岐本はうなずいた。

「それで、梅中のやつは『千住興業』の犬塚常務と組んで、社屋を『サイバーオン』に売っぱらうように仕向けたわけだ。今なら、安値で取引できる。そして、あの社屋のあたりが再開発ということになれば、地価は高騰。『サイバーオン』、つまりは梅中が大儲けというわけだ」

「銀行としては、永神のオジキがおっしゃったように、今売却されたら、元も子もないということですね」

「再開発の話が表沙汰になる前に、なんとか抵当権でもくっつけたいと考えているんだろうな。おそらく『サイバーオン』が手に入れちまったら、その銀行が入り込む余地がねえんだろう」

「あわよくば、自分たちが土地社屋を手に入れたいと考えているんでしょうね」

「そうだな。『千住興業』が自分とこから金借りて、不採算部門の映画館にしがみついてほしいわけだ。映画館をやるには、今の社屋が必要だからな。そのうちに、さらに左前になっていって、いずれ土地ごと社屋を手に入れられたら御の字……。銀行はそんな絵を描いてやがるのかもしれねえな」

「だとしたら、オジキの話も納得がいきます」

阿岐本が言った。

「一方、『サイバーオン』は、『千住興業』を映画館から撤退させたいわけですね。そうすりゃあの社屋にこだわる必要がなくなります」

「永神に連絡しときな」

「わかりました」

それで話は終わりだと思った。だが、阿岐本は立ち上がろうとしない。日村はどうしていいかわからず、そのままじっとしていた。

やがて、阿岐本が言った。

「こんななまぐせえ金の話なんざ、早く終わりにしてえな。映画館ってのは、もっと夢のあるもんだ」

「しかし、商売となれば、夢だの何だのと言ってられなくなるでしょう」

「誠司……」

「はい」

「おめえの悪いところはそれだよ」

「はあ……」

それって、何のことだろう……。

「おめえは、何でもかんでも、こうしなきゃならねえとか、こうあるべきだとか、考えるだろう」

「そうでしょうか……」

自分ではよくわからない。

「そうなんだよ。そして、物事のマイナスの面を見たがる」

「いや、決してそんなことは……」

「そうなんだよ。商売なんだから、夢だの何だのと言ってられない……。たしかに、そうだよ。けどな、何のための商売なんだ？　これはな、『千住興業』社長の増原さんにも言ったことだがな。人は、ただ金のためだけに働くんじゃねえんだよ。極道が言えた義理じゃねえけどな、働く喜びってもんがあるんだ」

「自分も、それはわかっているつもりですが……」

「いや、わかってるつもりでも、つい楽しみとか喜びとかを後回しにしようとする。増原さんもおめえも同じだよ」

そうなのだろうか。

日村が黙っていると、阿岐本は続けて言った。

「俺はさ、さっきテツの話を聞いて、感動したんだ」

「感動ですか？」

「大げさに言うとな、人は何のために生きてるかって話だ」

「はあ……」

それはたしかに大げさな話だ。

「そりゃあ、人生楽じゃねえよ。辛いこともある。毎日の暮らしは大変だ。だけど、辛いだのたいへんだのと言ってばかりじゃ、何のために生きてるかわからねえ」

「そうかもしれません」

「嫌なことや辛いことから逃げることなんてできねえ。だから、楽しいときは目一杯楽しむんだよ。興味のあることに夢中になるんだ。それで、人生プラマイゼロになるんじゃねえか」

「はい……」

「だから、映画館なんだよ」

「は……？」

「自分の家で、ＤＶＤだのネット配信だので映画を観たって、そいつは日常の延長なんだ。だから、映画館に足を運んでしばし日常を忘れるってことだ」

「あ……」

日村は言った。「たしかに、健さんの映画を観たとき、自分は別世界にいました。テレビで同じ映画を観ても、そんな気分にはならなかったかもしれません」

「そうだろう？　映画館はそのまま祭りなんだ。テツのやつは、それを教えてくれたんだ」

「ええ、たしかに……」

「俺はさ、そのことを、増原社長にもう一度話さなきゃならねえと思う」

「そうですね」

阿岐本はうなずくと腰を上げた。日村も立ち上がった。

「じゃあ、永神への連絡、頼んだぞ」

「はい」

阿岐本が上の階に行くと、日村は永神に電話をした。

「おう、誠司か。どうした？」

周囲が賑やかだ。

「今、電話、だいじょうぶですか？」

「ああ。六本木のクラブにいるんだ」

「かけ直しましょうか？」

「いや。移動するから、ちょっと待て」

しばらく待つと、静かになった。「何事だ？」

「『千住興業』を巡るからくりが読めてきたように思うんです」

「どういうからくりだ？」

日村は、国土交通省の絡みで、北千住再開発の計画があるらしいことを告げた。

「その再開発のエリアに『千住興業』が含まれているってことか？」

「その確認は取れていません。しかし、もしそうだとしたら、いろいろとつながってくると思いませんか？」

「なるほど……。社屋を売却しようとしている常務が、梅中仁志とつながっていると言っていたな？」

「はい。そして、梅中は『サイバーオン』という会社の相談役です。『サイバーオン』は、不動産業もやっているんです」

「銀行は、その会社に社屋を売ってもらいたくねえわけだな」

さすがにこういう話の理解が早い。

「そういうことだと思います」

「話の筋は通るな……」

「自分もそう思います」

「わかった。こっちでも調べてみる。それで、半グレのほうはどうなんだ？　稔が知っているやつなんだろう？」

「稔が独自に調べていますが、なんせ犬塚常務の張り込みもやらなけりゃならないんで……」

「何かわかったら、また知らせてくれ」

「はい」

「じゃあな」

電話が切れた。

ポケットにしまおうとしたとき、電話が振動した。真吉からだった。

「どうした？」

「犬塚が今帰宅しました。張り込みを終了しようと思いますが……」

「わかった。帰宅していい」

「はい」

すでに十時を回っている。

「犬塚はどこかに出かけていたのか？」

「誰かと食事をしていました。また銀座の割烹でした。今日はクラブはなしでしたが……」

「誰かと食事？」

「ええ。たぶん、『サイバーオン』の社長だと思います。写真を撮ったので、後で確認しようと思います」

「その確認は明日でいい。とにかく、もう帰れ」

「わかりました。そうします」

「稔はいるか？」

「はい、代わります」

すぐに稔の声が聞こえてきた。

「二之宮です。何でしょう」

「半グレの武井のことは、何かわかったか？」

「経営している渋谷のカラオケスナックを根城にしているようです。今度、様子を見てこようと思っていますが……」

「その話も明日聞こう」

「わかりました」

「じゃあな」

日村は電話を切った。

定席のソファに腰を下ろしたまま、日村は事務所の天井をぼんやりと眺めていた。

事務所で一人きりになることなど、滅多にない。たいていは誰か若い衆がいる。こうして座っていると、昔のことを思い出す。

よく事務所の掃除をしたものだ。阿岐本はよく、掃除が生きるための基本だと言う。なるほどなと、今になると思う。

先ほど言われたことも、今はぴんとこなくても、いずれ腑に落ちるときが来るかもしれない。

人生は辛く苦しいものだ。だからこそ、何かを目一杯楽しむ。それでプラスマイナスゼロになる。そういう話だった。

そして、『千住シネマ』のことを思い出していた。古い映画館だ。椅子も決して座り心地がいいわけじゃない。

日村は、人に挟まれて身動きできないような状態になるのが苦手だ。だから、劇場のような場所は嫌いだった。

だが、健さんの映画が上映されたとたん、そんなことはどうでもよくなった。そして、その場にいる観客が、自分と同じものを観て、同じく感動を味わっているという実感があった。

それは、新鮮な感覚だった。

テツは、ファンの会のサイトに、そういう気持ちを素直に書き込めばいいと言っていた。お仕着せや決まり文句だけの書き込みではない、生の声が必要だということだろう。

阿岐本は、「映画と映画館は話が別」だと言っていた。今の日村は、その言葉にも納得できる。

電話が振動した。永神からだ。

何かあったのだろうか。

「はい、日村です」

「おう、誠司」

「オジキ、どうされました？」

「いや、別に何があったというわけじゃねえんだがな……。さっき、ちょっと言い忘れたことがあってな……」

「何でしょう？」

「『千住シネマ』に行ってきた。一本映画を観てきたよ」

「そうですか」

「なんか、黒人ピアニストとイタリア系のボディーガードが、演奏ツアーで旅する話をやっていてな。なんだか知らねえけど、泣けて、泣けて……」

「そうですか」

「テレビで映画観てるときとは、やっぱ違うもんだな」

「はい。自分もそう思います」

「アニキにも話すつもりだが、おめえにも伝えておきたくてな」

「ありがとうございます」

「映画館、なくしちゃだめだよなあ」

「はい」

「じゃあな」

　電話が切れた。

　日村は深く息をつき、うなずいていた。

19

「あ、代貸、事務所に泊まられたんですか？」

朝、事務所にやってきた真吉が目を丸くした。

ソファから起き上がった日村は言った。

「ああ。俺が当番だ」

「そんな……。自分に言ってくれれば……」

次に事務所に出てきたのは、稔だった。昨夜の張り込み組が顔をそろえた。

「テツと健一は犬塚常務の張り込みか？」

稔がこたえる。

「はい。朝早く、車ででかけました」

日村がうなずくと、真吉が言った。

「やはり、間違いありませんでした」

「何の話だ？」

「昨日、犬塚常務が会食をしていた相手です」

「ああ……。『サイバーオン』の木島社長だったということか？」

「はい。確認しました」

「そうか。わかった。オヤジが下りてきたら報告しよう」

稔が言う。

「武井のことですが……」

「例の半グレか？」

「今夜あたり、様子を見にいってこようと思うんですが」

「渋谷の店を根城にしているということだったな」

「はい」

「敵対していたんだろう？　のこのこ顔を出してだいじょうぶか？」

「そこはうまくやります」

「わかった。その件も、オヤジに訊いておく」

真吉が言った。

「あの……」

「何だ？」

「少し、二階でお休みになったらどうです？」

二階は、若い衆が寝泊まりできるようになっている。部屋住みがいた頃の名残りで、当番のときに仮眠を取ったりするのに使っている。

真吉なりに気を遣っているのだ。日村はこたえた。

「必要ない。ソファで仮眠を取ったからな」

いつもは、昼過ぎまで上の自宅にいる阿岐本が、十一時過ぎに事務所に下りてきた。組長室に向かったので、日村はそれを追った。

「今、よろしいですか？」

「ああ、入んな」

組長室に入ると、すぐに稔が茶を持ってきた。阿岐本が言う。

「机じゃなくて、テーブルに置いてくれ」

「はい」

稔が部屋を出て行き、ドアを閉めた。ソファに腰を下ろした阿岐本が、日村に言った。

「おめえも座んな」

「はい、失礼します」

日村は阿岐本の向かい側に浅く腰かけ、背筋を伸ばした。それを見て阿岐本が言う。

「いつまで経っても、おめえは堅っ苦しいな」

「親と子ってのは、そういうもんだと思っていますので……」

「まあいい。それで、何の話だ？」

「犬塚常務と『サイバーオン』の木島のつながりが明らかになりました。昨夜、銀座の割烹で会食をしていたそうです」

「ふうん。犬塚、梅中仁志、『サイバーオン』木島は、グルで間違いねえってことだな」

「はい。そう考えていいと思います」

「健一とテツの姿が見えねえが、どうした？」

「犬塚常務の張り込みを続けています」

「犬塚の狙いがわかったんだ。もう張り込みはいいだろう」

「何か決定的なネタとか、押さえなくていいですか？」

「俺たちゃ警察《ヒネ》じゃねえんだ。裁判やるための証拠みてえなもんは必要ねえんだよ。からくりがわかれば充分だ」

「はい」

「それに、連中もばかじゃねえ。簡単に尻尾を出すとも思えねえ。労多くして功少なしってやつだ。いいから、健一たちに引きあげさせろ」

「わかりました」

「話はそれだけか？」

「あと、半グレの件が……」

「どうした？」

「稔が言うには、武井ってやつは自分が経営しているカラオケスナックを根城にして活動しているようです。様子を見にいきたいと、稔が言ってるんですが……」

「なら、やらせればいい」

「武井は、かつて稔たちのグループと敵対関係にあったようなんですが……」

「おめえは心配性だな。本人がやりてえって言ってるんだから、任せときゃいいだろう」

「はあ……。それはそうなんですが……」

「いつまでも半人前扱いじゃ、育つもんも育たねえよ」

「はい……」

「そんなに心配なら、おめえがついて行きゃいいじゃねえか」

「自分がですか……」

「いくらなんでも一人で行かせるわけにゃいかねえ。どうせ、誰かを同行させるんだ。それがおめえだってかまわねえだろう」

「わかりました」

阿岐本は満足げに茶をすすった。

日村は立ち上がり礼をすると、組長室を出た。

「おい、稔」

「はい」

「渋谷の件な、俺もいっしょに行くぞ」

「え、代貸が……」

「オヤジがそうしろと言うんだ」

「あ、わかりました」

オヤジのせいにするのはずるいかもしれない。だが、そう言ったことは事実だ。

「それからな、健一たちを呼び戻せ。張り込みはもういい」

「はい」

稔がすぐに電話をかけた。

そのとき、チャイムの音がした。インターホンのモニターを見た真吉が言った。

「甘糟さんです」

日村は言った。

「お通ししろ」

真吉が解錠してドアを開けると、甘糟が事務所に入ってきた。

真吉と稔が声をそろえて「ごくろうさんです」と言うと、甘糟は顔をしかめた。

「だから、そういう挨拶はいらないって言ってるだろう」

いつものやり取りだ。

日村は甘糟に言った。

「まあ、こっちに来て、座ってください」

「長居するつもりはないから、いいよ。あ、お茶なんかいらないからね。マルBの事務所でお茶を飲んでるとか、噂になるとやばいからね」

「そうはおっしゃいますがね。お客さんに茶も出さなかったとあっては、私らの恥になりますんで」

「客じゃないから」

「わかりました。じゃあ、お茶はお出ししません。……で、今日は何のご用で？」

「また、女子高生が事務所にやってきただろう。そのことで、志村が引っぱられたの、忘れたのかい」

「そうでしたかね……」

「しらばっくれるんじゃないよ。昨日の午後七時四十分頃のことだ」

日村は渋い顔になって言った。

「私らが来いと言ったわけじゃないんですがね……」

「じゃあ何？　女子高生のほうから進んでこんなところに来たってわけ？」

「そうですよ」

「そんなの、世間が信じないだろう」

「それに、ですね」

「何？」

「彼女の名前は、坂本香苗です。ご存じのはずですよね。彼女から直接話を聞かれているはずです」

「名前は知ってるよ」

「じゃあ、女子高生なんて言い方はしないほうがいいんじゃないですか」

「女子高生は女子高生だろう。女子高生がヤクザの事務所にやってきたということが問題なんだよ」

「彼女は一人じゃなかったんですよ」

「一人じゃなかった？」

「ええ。船渡川という人といっしょでした」

「その人は何者なの？」

「お教えしなければならない義務はないですよね」

「そういう言い方はないだろう。その人が女子高生をここに連れてきたんだとしたら、素性を知っておかないと……」

「だから、女子高生じゃなくて坂本香苗です。それにね、船渡川さんが香苗を連れてきたわけじゃありません。逆です」

「逆……？」

「ええ。香苗が船渡川さんを引っぱってきたんです」

「何それ……。どういうこと？」

「どうもこうも、それが事実です」

「だからさ、その船渡川って人、何者なの？」

「『千住シネマ・ファンの会』の会長さんです」

「あ……。映画館の経営立て直しとか、もう、ホントにやめてほしいと言っただろう」

　それを言いたいのはこっちのほうだ。日村はそう思いながら言った。

「乗りかかった船ですから、今さら降りるわけにはいきません」

　今度は甘糟が渋い顔になった。

「そのファンの会とかいうの、たしか誰かに脅されているとか言っていたよね」

「そうです」

甘糟は不安そうな顔になった。

「面倒なことにならないだろうね」

もう充分に面倒なことになっているんだけどな……。

「脅している相手とですか？　そんなことはありませんよ」

「本当だよね？　絶対に問題は起こさないでよ。それでなくても……」

「それでなくても……？」

「いや、何でもないよ。こっちの話だ」

「仙川係長のことですか？」

甘糟は目を丸くした。わかりやすい男だ。刑事がつとまっているのが不思議になってくる。

日村は確かめるように言った。

「そうなんですね？」

「誰もそんなこと、言ってないじゃないか」

「おっしゃらなくても、わかりますよ。仙川係長がどうされました？」

「なんか、すごいやる気になってるんだよね。特に、あんたんとこに眼を付けているようなんだ。怨みでも買った？」

「そんな記憶はありませんね。自分ら、別にやましいことはしていませんし……」

ヤクザが、やましいことをしていないはずがない。つまり、今さら警察に睨まれるようなでかいシノギをした覚えはないし、抗争の類の兆しもないということだ。

「だからさ、おとなしくしていてほしいんだよね。女子高生がまた事務所に連れていかれたとなると、また誰かを引っ張ることになるよ」

「ですから、香苗のほうから訪ねてきたと言ってるでしょう。しかも、船渡川さんを連れて……」

「そんな言い訳、警察に通用するわけないだろう。世間の人たちも信じないよ」

「信じてもらえなくても仕方がないですがね、本当にそうなんですよ。香苗や船渡川さんに訊いてもらえばわかります」

「船渡川とかいう人とは、どんな話をしたの？」

「それはお話しする必要はないでしょう」

「隠し立てするとろくなことはないよ」

「別に隠し立てするわけじゃないですよ。甘糟さんは、興味を持たれないと思っただけです」

「俺が興味を持つかどうかなんて、あんたにわかるわけないじゃないか」

「ですから、映画館をどうするかという話ですよ」

「やめろと言ってるのに、やる気なんだね」

「ですから、乗りかかった船なんですよ」

「ファンの会って何なのさ」

「文字通り映画館のファンの集まりです」

「それが、どうしてこの事務所に来るわけ？」

「そんな話、本当に聞きたいんですか？」

「聞きたいね」

「映画館の経営を立て直すってことは、何かを直さなけりゃならないわけですよね」

「そりゃそうだよね」

「でも、うちの代表が言うには、映画館自体には直すところがないんだそうです」

「うちの代表なんて気取った言い方しなくていいよ。いつものとおり、オヤジでいいじゃない」

「うちの代表は、直すべきはファンの会だろうと言うわけです。それで、船渡川さんと打ち合わせをしたわけです」

「わからないな。ファンの会を変えれば、映画館の経営が上向くわけ？」

「まあ、そう単純じゃないんですがね……」

「その単純じゃない部分を聞かせてもらいたいな」

犬塚常務、梅中仁志や『サイバーオン』の話をここでするわけにはいかない。警察によけいなことを洩らすと、ろくなことにならない。

おそらく仙川係長あたりが、大喜びで首を突っこんでくるはずだ。ここはごまかすしかない。

「時代ですよ」

「時代……？」

「甘糟さんは、映画お好きですか？」

「え……？　映画？　まあ、好きだよ。映画が嫌いだって人、あんまりいないんじゃないの？」

「映画館で映画を観ますか？」

「映画館かあ……。しばらく行ってないなあ。仕事忙しいしね。休みなんて滅多にないし、いつも寝不足だから、たまの休みはたいてい寝てるな。だから、映画館に出かける暇なんてないなあ……」

「映画を観ないのに、映画がお好きだというわけですか？」

「んー……。過去に観た経験から、好きだとこたえたんだよ」

「忙しいから映画館に行かない……。そうですね？」

「そうだよ」

「でも、六〇年代とかは、日本人は今より働いていたと思いますが、映画館はたくさんあったし、混んでたそうですよ」

「そんな昔のこと、俺は知らないよ。その時代、ビデオも普及していないし、ましてやネットなんてなかったからね。今は、娯楽がたくさんあるから、わざわざ映画館に行かなくなったんだろう。あ、そうか。時代と言ったのは、そういう意味か」

「そうです。そういう時代なんです。でも、ファンの会の人たちは、映画館をなくしたくないと思っているんです」

「映画館はなくならないでほしいって、俺だって思うよ。いつか暇になったら、映画館に行きたいって思うもんな」

「いつかは行きたい。そう思いながら、今は行かない。そんな人ばかりじゃ、映画館はなくなるんです」

「そりゃそうだけどさ……」

「公共事業でもない限り、利用者がいなければ潰れます。いや、公共事業でも誰も使用しなければ廃止されるでしょう。でもね、奇特にも潰れないように金集めをしようって連中がいるわけです」

「金集め？」

「ファンの会は、サイトでクラウドファンディングをやっているんです。その金を映画館存続のために使おうってわけです」

「へえ、クラウドファンディング……」

何のことかわかっているのだろうか。

疑問に思いながら、日村はさらに言った。

「そういった打ち合わせをしていたわけです」

甘糟は思案顔になって言った。

「それじゃまるで、まともな打ち合わせじゃないか」

「まるでって、何ですか。まともな打ち合わせですよ」

「とにかくさ、女子高生を事務所に出入りさせたりするんじゃないよ。係長に眼を付けられているんだからさ」

「それ、香苗に言ってください。私らも、来ないでくれと、何度も言ってるんです」

「それと、映画館の件でも、ヘタを打たないでよね。何か面倒事を起こしたら、俺、立場上黙っていられないからね」

「気をつけます」

「気をつけるだけじゃだめなんだよ。絶対に揉め事はだめだからね」

甘糟はそう言うと、事務所を出ていった。

稔が言った。

「何だかんだ言って、甘糟さんは、自分らのことを心配してくれているんでしょうかね」

「どうだかな。仕事を増やしたくないだけかもしれない」

そう言いながら日村は、たぶん稔が言うとおりだろうと思っていた。

甘糟が出ていってしばらくすると、健一とテツが戻って来た。

日村は言った。

「ごくろうだったな」

健一が言った。

「張り込みはもう必要ないということですか？」

「ああ。オヤジがそう言っている」

テツは席に着くとすぐにパソコンをバックパックから取り出して開いた。

ああ、やっぱりテツはこうでないとな、と日村は思った。

そのテツが言った。

「ファンの会の掲示板に、書き込みがあります。たぶんこれ、香苗の書き込みだと思います」

「どれどれ……」

日村は、テツの席に近づき、パソコンの画面を覗き込んだ。

「健さんは大スクリーンで見よう」

そういうタイトルだった。

「なるほどな」

日村は言った。「わかりやすくていいじゃないか」

テツが言う。

「はい。いいと思います」

さっそくファンの会がテツのアドバイスに従って動きはじめた。さて、本当に効果があるだろうか。

正直言って、日村は半信半疑といったところだった。

20

昼飯の後は、事務所内はいたって平穏だった。電話も鳴らない。テツだけがさかんにマウスを動かし、キーボードで何かを打ち込んでいる。

日村は寝不足なので、眠くなってきた。居眠りしても、若い衆たちは何も言わないだろうが、そういうときに限って阿岐本が事務所に顔を出す。気を弛《ゆる》めるわけにはいかないと、日村は自分に言い聞かせていた。

それでもつい、うとうととしかけたとき、携帯電話が振動した。永神からだった。おかげで目が覚めた。

「はい、日村です」

「おう、誠司。おめえの言っていたネタは本物だったようだぞ」

「ネタ……？」

「再開発の話だ」

「確認が取れましたか」

「正式に確認を取るのは無理なんだ。なんせ、非公式な話なんでな。でも、そういう話があることは事実らしい」

「再開発が確実なわけではないのですね？」

「ああ。国交省都市局がやっている懇談会があってな。その席上で話題になったという程度らしい」

そう言えば、テツも懇談会がどうのという話をしていた。

「そんな不確かな話なのに、梅中仁志が『サイバーオン』を動かすんですか？」

「ああいうやつらはな、少しでも金のにおいがすれば、水面下で動きはじめるんだ。出遅れたら元も子もねえからな。そこんとこは、俺たちの稼業だって同じだろう」

永神が言うとおりだ。金のにおいや、儲けになりそうな兆しがあれば、ヤクザは飛びつく。そういう話を察知するためには、常に世の中の動向に眼を配っていなければならないし、人の話にも耳をそばだてていなければならない。

ヤクザは常に本気だ。だから堅気がかなわないのだ。

「それで、オジキはこれからどうされるんです？」

永神はちょっと言い淀んだ。

「俺はよ、言ったとおり、銀行との絡みがある。だから、なるたけ社屋を売らせないような工夫をしなけりゃならねえ」

日村はふと思いついたことを言った。

「役員の中で、犬塚常務だけが役員車を使っているらしいです」

「ん……？　そいつは何の話だ？」

「『千住興業』です。専用の役員車を使っているのは、社長の増原さんと犬塚常務だけなんです。そして、犬塚常務だけが銀座の割烹で会食をしたり、クラブで飲んだりしているようなのです」

「ふうん……」

永神がうなってから言った。「犬塚だけがやりたい放題というわけか。わかった。探ってみよう。使えるネタが見つかるかもしれねえ」

「はい」

「じゃあ、また連絡する」

電話が切れると、日村はすぐに組長室に行って、今の話を阿岐本に伝えた。

机の向こうの阿岐本が言った。

「永神のやつ、最初から頭を働かせて、探ってればよかったものを……」

こうした言葉に相槌を打つのはむずかしい。否定も肯定もし難い。日村は黙っていた。

阿岐本が言った。

「永神は、社屋を売らせない工夫をすると言ったんだな？」

「はい」

「あいつだけに任せておくわけにもいくめえな……。ちょっと、社長と話をしようか」

「増原社長ですか？」

「ああ。アポを取ってくれ」

「わかりました」

「おめえもいっしょに来な」

「はい」

日村は、組長室を出て、すぐに増原に電話をした。

「増原です。日村さんですね」

「すいません。阿岐本がお目にかかりたいと申しておるのですが、お時間をいただけますか」

「もちろんです。すぐにうかがいます」

日村は驚いた。社長は多忙なはずだ。すぐに時間が取れるはずがないと思ったのだ。

「いえ、こちらからうかがいます。本当に今からでだいじょうぶなんですか？」

「阿岐本さんとお会いするのは最優先にします。なにせ、『千住シネマ』の経営を立て直してくださるのですから」

「では、これから出ます。三十分ほどで到着すると思います」

「お待ち申し上げております」

日村がその結果を告げると、阿岐本はすぐに腰を上げた。

日村は命じた。

「おい、稔。車だ」

『千住興業』に着いたのは、午後三時四十五分頃のことだ。すぐに社長室に通された。

増原社長は、何かの打ち合わせの最中だったが、阿岐本と日村の到着を知ると、すぐに打ち合わせを中止した。

「最優先」の言葉は嘘ではなかったようだ。

「ご足労いただいて、恐縮です。私のほうから出向こうと思っていたのですが……」

増原社長にそう言われて、阿岐本が言った。

「とんでもねえ。なるべく人様に迷惑をかけねえってのが、私らのモットーでして……」

「まあ、おかけください」

来客用のソファをすすめられた。阿岐本が座ると、日村はその後ろに立った。仕事のときはそれが定位置だ。

増原社長が席を立ち、ソファのほうにやってくると、阿岐本が日村に言った。

「おめえも、座んな」

つまり、シノギではないということだ。

「失礼します」

増原が座ったタイミングで、日村はそう言って、阿岐本の隣に腰を下ろした。

「実はですね」

増原社長が言った。「ちょうど、こちらから連絡をしようと思っていた矢先だったんですよ」

阿岐本が言う。

「ほう、そうですか」

「ええ。阿岐本さんに言われて、社員たちに改めて話を聞いてみたんです。映画館をどう思うかって……。そしたら、意外な結果でした」

「……とおっしゃいますと……？」

「個別に話を聞いてみると、映画館をなくしたくないという声が多数派だったのです。『千住興業』がただの不動産業者なら就職はしなかった、などと言う者もおりました。いや、まさに阿岐本さんがおっしゃったとおりでした」

「それで、社長は現在、どういうお考えなんです？」

「映画館をなくしたくないという社員の声があるという事実に、当初はうろたえましたよ。それまで私の方針はほぼ決まっていましたから……」

「不採算部門を切り捨て、社屋を売却する……」

「ええ。それが経営者としての正しいやり方だと思っていました。阿岐本さんからいろいろとお話をうかがい、考えるところはありました。しかし、やはり方針は変えられない。そう思っていたのですが……」

「今は違うということですね？」

「いろいろと実務の問題もありますし、経営者は現実主義でなければなりません。ですから、急に方針を変えることはできませんが、なんとか、他に方法があるのではないかと思うようになりました。映画館についての社員の声ですが、まだ印象レベルの話なので、ちゃんと社内アンケートを取って、数値化したいと思っています」

阿岐本はうなずいた。

「ビジネスの世界のことはよくわからねえんで、偉そうなことは言えません。ですから、これは、あくまで私の個人的な意見だと思って聞いてください」

「はい」

「社長は今、経営者は現実主義でなければならないとおっしゃいました。それはそうでしょう。厳しい現実を乗り越えていかなけりゃならねえんですからね」

「そう。経営者には会社を守る責任があります」

「経営者は、言わば会社という船の舵取りですね」

「そうですね。会社がどの方向に舵を切るかを決めるのは経営者です」

「その船はどこに向かうんでしょう」

「は……？」

「言い方を変えればね、その船は何のために港を出たんでしょうね」

増原は阿岐本の意図を探るように、しげしげと見つめた。阿岐本はにこやかな表情のまま言った。

「私はね、船はロマンを求めて冒険の旅に出るもんだと思いたいんですよ。船を安全に旅させるというのは、舵取りの最低限の仕事ですよね。なにせ、船を沈めちまっちゃ元も子もねえわけだ。しかしね、安全に航行することが船の目的じゃあねえでしょう。どこかに行くことが目的なんだ。その行き先を決めるのが経営者じゃねえんですか？」

「ロマンを求めて冒険の旅に出る」

増原はそうつぶやいてかぶりを振った。「経営者には、それは夢のまた夢ですね」

「どうしてです？」

「現実が重くのしかかるからです。うちの会社は中小企業ですからね。毎日、資金繰りのことを考えるだけで、精一杯ですよ」

「前に言ったことを、もう一度言わせていただきますよ」

「前におっしゃったこと……？」

「ええ。何のためのお仕事か、と私は質問しました。そのとき、社長は、利益を上げるためだとおっしゃいました。私はそれだけじゃないと思いました。そして、こう申し上げたのです。やりたいことをやるためじゃないのか、と……。人は何かやりたいことがあって会社を作るのでしょう。利益を上げることは部下に考えさせればいいんです。社長の仕事にはもっと大切なことがある。何をやりたくて会社の経営をなさっているのか。それをお考えになることが、重要なんじゃねえですか？」

「ええ、そうおっしゃったことはもちろん覚えていますよ。それでいろいろ考えました」

「うちの若いモンがですね、大切なのは楽しむことだと言うんですよ。それを聞いて、親バカかもしれませんが、感動しました」

こういう場合も親バカと言うのだろうか。日村はそんなことを考えながら、黙って二人のやり取りを聞いていた。

増原社長が怪訝そうな顔で聞き返す。

「楽しむこと……？」

「ええ、そうです。ファンの会の船渡川さんたちとお会いしましてね。どうしたら、映画館にお客さんの足を運ばせることができるか話し合っていたんです。何かイベントを考えようと言っていたところ、その若いモンが言うわけです。イベントなんて意味がねえって。驚きましたね。じゃあ、どうしたらいいんだと訊くと、そいつはこうこたえたんです。とことん楽しむことだ、と……」

「それが何かの解決になるんですか？」

「若いモンの話を聞いたときは、私も、そんなばかなと思っていました。でも、今では、それを信じています」

「信じておられる……」

「そうです。楽しんだ振りをしてもだめです。中途半端に楽しんでいてもだめです。日常を忘れて徹底的に楽しむんです。それを、そいつは『祭り』だと言っていました。祭りとお仕着せのイベントとはまったく違います」

「それは何となくわかります」

「私はね、これまでいろいろなものの経営を助けて参りました。その経験から申しますとですね。傾きかけている会社だの、団体だのは、何かを変えなければならないんです。でも、映画館を拝見して思いました。ああ、こりゃ何も変える必要はねえな、と……。変えなきゃならないのは、ファンの会とこの会社なんじゃねえかと思ったわけです」

「ファンの会とこの会社……」

「会社を変えるというより、社長の意識を変えていただくわけです」

「私の意識ですか」

「ご自身のことではなく、『千住興業』を創設された先々代のことを、ちょっとお考えになってはどうでしょうね」

「つまり、先々代がこの会社をどういう思いで作ったか、ですか……」

「そういうことです」

「もともと不動産業者だった祖父は、戦後の復興事業で大儲けをして、その金で映画館を建てたんです」

「ええ、そのお話はうかがっていますよ」

「映画は儲かると踏んで、先行投資のつもりで『千住シネマ』を作ったのだと思っていました。しかし、今思えば、それだけではなかったようです。祖父は、本当に映画好きだったのです。おそらく、映画館を持つことが夢で、祖父はその夢を叶えたのだと思います」

「何か思い当たる節でも……」

「祖父の遺品を整理した者が言っていました。映画のポスターや、フィルムの切れ端がたくさん残っていた、と……。会社を引退してからも、たまに映画館にやってきて、一日映画を観ていることもありました」

「フィルムの切れ端……？」

「昔、映写技師はフィルムの手入れもしたのです。切れたフィルムや切れかかったフィルムは切り取ってつめるのです。何コマか切り取っても映写にはほとんど影響がないんです。好きな女優や俳優のアップのコマを切り取ったりするのは、映写技師の特権だと言われていました」

「そんなことをしていいんですか？　フィルムってのは配給会社からの借り物でしょう」

「本来は切り取った部分を元どおりに貼り戻してフィルムを返却するものなのですが、たいていは大目に見られていましたね。祖父はそういうフィルムの切れ端を大事に取っておいたわけです」

「その先々代の血を、社長も引いていらっしゃるわけですね」

「おっしゃるとおりです。私は映画が好きです。いや、映画館が好きなのです。『千住シネマ』は私が子供の頃の遊び場でもありました」

阿岐本はゆっくりとうなずいて言った。

「もうおわかりのはずですから、くどくどとは申しません」

増原社長もうなずいた。そして、同じ言葉を繰り返した。

「船はロマンを求めて冒険の旅に出るものなのですね」

「ファンの会が率先して映画館で楽しむように、船渡川さんにお願いしました。何でもかつてはリクエスト上映会なんてものをやっていたそうですね」

「そういえば、最近はそういうの、やっていませんね」

「祭りですよ。祭りには自然に人が集まってくる。逆に、やっている当人が面白がっていないような業界に客は集まってきません」

「おっしゃるとおりだと思います。赤字部門の仕事など誰も希望しないだろうと思っていました。しかし、もしかしたら映画館の仕事をやりたがっている社員がいるのかもしれませんね」

「本気でその仕事をやりたがっている人材に任せるべきです。それだけでも、何かが変わるはずです」

「それについても、調べてみます」

「ところで……」

　ふと阿岐本は真剣な表情になった。「常務取締役の犬塚さんは、映画館の存続に反対だとおっしゃっていましたね」

「ええ。彼の意見が、会社の多数派なのだと思い込んでおりました」

「犬塚さんが映画館を閉めようとなさる理由をご存じですか」

「不採算部門だからでしょう。彼なりに、会社のためを思っているのだと思います」

「彼から何かお聞きになってませんか？」

「彼から……？　どんなことです？」

「そうですね……。例えば……」

「例えば……?」

「再開発の話とか……」

増原社長は、ぽかんとした顔になった。

「何ですか、それは……」

「あ、いや、あくまでも例えばの話です」

態度から察するに、増原社長は北千住再開発の話を知らないようだ。

本社ビル売却のためには、そういう情報を社長と共有したほうが得策だろう。なのに、犬塚常務は伝えていないらしい。

増原社長を欺こうとしているように感じられる。

阿岐本が言った。

「お忙しいでしょうから、私らはこれで失礼することにします」

阿岐本はそう言って腰を上げた。日村も立ち上がった。

21

日村は、引きあげる前に、どうしても訊いておきたいことがあり、叱られるのを覚悟で阿岐本に言った。

「あの、一つ自分から質問してよろしいですか？」

阿岐本が言った。

「よろしいも何も……。訊きたいことがあったら訊きゃあいいじゃねえか」

日村は立ったまま、増原社長に尋ねた。

「犬塚常務は社用車をお使いですね？」

「はい」

「車を使っておいでなのは、社長と犬塚常務だけですね」

「小さな会社ですからね。贅沢はできませんし……。おっしゃるとおり、二人だけ社用車を使っております」

「おい、誠司。そういうことは、座っている間に質問してほしいな」

阿岐本はあらためて腰を下ろした。

「すいません」

日村も座ることにした。そして、質問を続けた。「犬塚常務だけが、銀座で食事をしたり高級クラブに行ったりもされているようですね」

増原社長が言った。

「いやあ、さすがですね。そんなことまで知られてしまうのですね。なるほど、敵に回すと面倒なことになりそうだ」

阿岐本が言った。

「悪気があって調べたわけじゃねえんです。勘弁してください」

「いえ、阿岐本さんが謝ることはありません。会社のために調べてくださったのでしょう」

それから増原社長は日村を見て言った。「犬塚は会社のナンバーツーですし、対外的な交渉事や大切な客の接待などを、ほとんど彼に任せているんです。ですから、車を使ったり、接待で高級店に行ったりするわけです」

阿岐本が質問した。

「大切な交渉事は、社長がなさるべきなんじゃないですか？」

「おっしゃるとおりなのですが、私より犬塚のほうがそういうことには向いていまして……。いつの間にか、彼を頼るようになっていたのです」

「信頼されているのですね」

「犬塚は先代の頃からわが社におりますので……」

阿岐本が日村の顔を見て言った。

「他に質問はあるか？　あるなら、座っているうちにうかがうんだ」

「いいえ。ありません」

阿岐本は再び立ち上がった。


帰りの車の中で、阿岐本が言った。

「交渉事や接待を任せているんじゃ、犬塚のやりたい放題だよな……」

日村はこたえた。

「はい」

差し出がましく質問したことを、叱られるのではないかとひやひやしていた。

「そういうのを一手に引き受けていると、次第に力を蓄えて、いつしか会社の実権を握ったりすることもある」

「そうですね」

どうやら、叱られずに済みそうだ。

「社長が知らないところで、妙な企みをするようになるってことだ」

社屋を『サイバーオン』に売る話のことだ。

日村は尋ねた。

「犬塚常務の、その企みのことを、増原社長に知らせなくていいんですか?」

阿岐本がふんと鼻で笑うのがわかった。

「おめえ、あの社長のことを見くびってるね」

「再開発のことや、犬塚の社用車や高級クラブの話を持ちだしたことで、あの人はもううっすらと気づいているよ。今頃、調べはじめているだろう」

日村は驚いた。

「は……？」

「そうでしょうか」

「おめえ、俺を疑うのかい」

「いや、そうじゃありませんが……」

「まあ、見てな」

「わかりました」

オヤジに言われたら、そうこたえるしかない。

「それより、誠司」

「はい」

「半グレのほうは、どうなった？」

「稔といっしょに今夜にでも渋谷に行ってこようと思っています」

「そうかい」

それきり、阿岐本は何も言わなかった。

事務所に着いたのが午後五時過ぎだ。

阿岐本は、組長室に向かった。住居に上がらなかったのは、日村たちが渋谷に行くと言ったからだろう。

子の大事な仕事は自分の仕事でもあると考えているのだ。日村が外で何かやるときは、たいてい組長室にひかえている。

何時であろうが関係ない。ヤクザに勤務時間などないのだ。

日村は稔に言った。

「何時頃に顔を出せばいいんだ？」

「あまり早い時間だと、店にいないと思います。九時くらいが目処《めど》でしょうか」

「わかった」

そのとき、組長室から「誠司」と呼ぶ声が聞こえた。日村はすぐに組長室に行った。

「何でしょう？」

「出かけるんなら、車使いな。おめえみてえのが、電車に乗ったりしたら、素人さんに迷惑だからな」

「ありがたく使わせていただきます」

組長室のドアを閉めると、日村は稔に命じた。

「車で行くぞ」

「わかりました」

腹ごしらえをして、午後八時過ぎに事務所を出た。

ハンドルを握る稔は緊張している様子だ。日村は後部座席から声をかけた。

「武井とはいつ以来なんだ？」

「自分が暴走族やってる頃ですから、ずいぶん前ですね」

「仲間の女を強姦して抗争になったと言っていたな」

「ええ。十対十くらいの喧嘩です。場所は荒川の河川敷でしたね」

「おまえと直接やり合ったことは？」

「タイマンはありません」

「じゃあ、向こうがおまえを覚えているかどうかわからないな」

「覚えていると思います。自分らのグループと武井のグループは長いあいだ対立していましたから」

「武井はどんなやつだった？」

「めちゃくちゃなやつでしたよ。当時は狂犬と呼ばれていましたね」

「ベタだな」

「他に言いようがありませんでした。暴れはじめたら手が付けられないんです。悪いこともやり放題でしたね」

「おまえが言うんだから、よっぽどだよな」

稔は何もこたえなかった。自分がどれくらい暴れ者だったか、自覚があるのだ。

それから日村も渋谷に着くまで口を開かなかった。車を道玄坂の有料駐車場に駐めると、二人は井《い》の頭《かしら》線の脇にある一帯に向かった。

細い路地が交差し、飲食店がぎっしりと軒を並べているあたりだ。昔は闇市があった地域らしい。

雑居ビルの前に立ち、稔が言った。

「ここらしいです。三階です」

『ウエスト』という看板が出ている。日村は言った。

「行ってみよう」

店に入るとすぐにカウンターがあった。奥にはそこそこ広いスペースがある。すでにカラオケが流れていて、いかにも渋谷にいそうな若者が歌っている。

日村は、カウンターの中にいる男性従業員に言った。

「武井さんに会いたいんだが」

「お約束ですか？」

「いや、アポはない」

「どちら様でしょう？」

「阿岐本組の日村といいます」

従業員は携帯電話を取り出して誰かと連絡を取った。やがて、彼は日村のもとに戻ってきて言った。

「こちらでお待ちください」

稔と二人でカウンターのスツールに座った。五分ほど待つと、スーツ姿の男が店に入ってきた。一目見て堅気ではないことがわかる。かといって、極道でもない。その男が近づいてきて言った。

「武井だけど、俺に用があるって、おたくら？」

日村と稔はスツールから下りて立ち上がった。

二人を交互に見た武井は、ふと稔に視線を向けて言った。

「あれ？　二之宮？」

稔は言った。

「ご無沙汰」

「いやあ、しばらくだなあ。何年ぶりだろう。その後どうしてるかと思っていたけど、そうかあ、ホンモノになっちまったか」

「こちらは、代貸の日村だ」

「あ、失礼しました。武井です。それで、どんなご用でしょう？」

日村は言った。

「どこか落ち着いて話ができるところはありませんか？」

「ＶＩＰルームがあります。ご案内します」

六人ほどが座れる部屋に連れていかれた。テーブルの周りにゆったりとしたソファがある。ここでもカラオケができるようだ。

ソファに腰を下ろすと、武井が言った。

「何かお飲み物は？」

日村はこたえた。

「けっこうです」

「じゃあ、お話をうかがいましょう」

「『千住シネマ・ファンの会』への嫌がらせをやめていただきたい」

武井は苦笑する。

「何の話です？」

「『サイバーオン』の木島さんに頼まれたんでしょう？　だが、割に合わない話です。やめたほうがいい」

武井は穏を見てから、日村に視線を戻した。ここで豹変して正体を現すのが普通だ。だが、武井は違った。彼は笑顔になって言った。

「いやあ、参ったなあ。俺、板挟みってやつですか？」

「板挟みとは違うでしょう。すぐにやめたほうがあなたのためです」

「『サイバーオン』の木島さんとは仲がいいんですよ」

「でしたら、あなたのところで、この話は留めておいたほうがいい。でなければ、私ら、『サイバーオン』に行くことになります」

武井は溜め息をついた。

「こういう仕事をしていますと、いろいろなしがらみができましてね……」

「私らがこうして頭を下げているうちに、ご理解いただいたほうが、あなたのためにもなると思うんですがね……。ああ、こういう言い方はあなたには通用しませんかね？　ヤクザなど怖くはないのでしょうから……」

堅気ならこのあたりで震え上がる。だが、武井はちょっと困った顔をしただけだった。やはり、稔が一目置くだけのことはあると、日村は思った。

武井が言った。

「俺だってヤクザは怖いですよ。でもね、俺にとって二之宮はもっと怖い。若い頃に経験したことって忘れませんよね。二之宮の怖さが俺の骨の髄まで染みこんでいるんです」

日村は稔がどんな顔をしているか見たかった。だが、ここは交渉の場だ。武井から眼を離すわけにはいかない。

「再開発の利権がらみだってことはご存じですか？」

日村はさらに言った。

「何ですか、それ……」

「『サイバーオン』の仕事です」

「聞いてませんね。木島さんからは、今時映画館のファンサイトなんてウザイから、ちょっといたずらをしてやろうって話で……」

「利用されたってことですよ。映画館を経営している会社の本社ビルの売却、その土地の再開発っていう、巨大な利権の話です」

「それに、二之宮の組も一枚嚙んでいるということですか」

一枚嚙んでいるとは言えないが、関わりはある。日村は曖昧な返事をすることにした。

「ええ、まあ、そういうことです」

「普通、そういう話を聞くと、とことん関わったほうが得だと考えますよね」

一瞬、武井の眼光が鋭くなった。これがこいつの本性だろうと、日村は思った。だが、その眼の光はすぐに消え去った。「でも、二之宮に逆らっていいことなんてなさそうだし、利用されていたっていうのも不愉快だ。わかりました。俺は降りますよ」

日村は肩透かしを食らったような気分で、念を押した。

「本当ですね？」

「まさか、ネットで嫌がらせをしたくらいで、ホンモノのヤクザが出てくるなんて思いませんでしたよ。しかも、それが二之宮だなんて……。ええ、降りますよ」

「ご理解いただけてよかったです」

日村が立ち上がろうとした。

「せっかくだから、一杯やっていかれたらどうです？」

日村が尋ねた。

「稔と昔話でもしますか？」

武井は顔をしかめた。

「遠慮しますよ。いい思い出なんてないんで……」

日村は立ち上がり、部屋を出た。稔が無言であとをついてきた。

稔が運転する車で事務所に向かった。

その後ろ姿を見ながら、日村は言った。

「狂犬だって？」

稔がこたえる。

「はい」

「まあ、度胸があるのは認めるが……」

「すっかり丸くなっていました。大人になったということでしょうか。でも、昔はたしかに狂犬でした」

「その狂犬が恐れるおまえって、いったい何なんだ？」

稔はまた無言だった。

つまり、お互いが認め合う仲だったということだ。敵対関係にあったから、認め合うというより、互いに恐れていたというほうが正しいかもしれない。

武井は、阿岐本組よりも稔を恐れた。

まあ、それでもいい。とにかく思ったより話がこじれなかった。これも稔のおかげだ。

それを言ってやるべきかどうか迷った。そして結局、言わないことにした。稔は今、複雑な気持ちでいるはずだ。

彼は、昔の自分がひょっこり顔を出したように感じているのではないか。おそらく不愉快なはずだ。

自分ならそうだと、日村は思う。武井が狂犬だったというのなら、日村もそうだった。誰彼かまわず牙を剝いていた頃の自分を思い出すのは不愉快だ。

やってしまったことは取り返しがつかない。だから、嫌なのだ。

事務所に着いたのは、午後十時十五分頃だった。当番で真吉が残っていた。

日村が戻るとすぐに、組長室から阿岐本が出てきた。

「おう、早かったな」

「はい。話が早く済みまして……」

「へえ……。半グレなんて、面倒なやつらだと思っていたが……」

「武井が稔に一目置いてまして……」

「ふうん……。まあ、何にしてもよかった。じゃあ、俺は上に戻るぜ」

「はい。お疲れ様でした」

阿岐本がエレベーターに向かった。

しばらくして、車を駐車場に入れていた稔が戻ってきた。

日村は言った。

「ごくろうだったな。今日はもういいぞ」

「はい」

稔は出入り口で頭を下げた。「では、これで失礼します」

稔が事務所を出て行くと、真吉が興味津々の様子で、日村に尋ねた。

「武井ってやつが、稔さんにびびっていたってことですか？」

「ああ。武井ってのは、かなりな暴れ者で、稔の地元では相当に恐れられていたようだがな……」

「半グレなんですよね。どんなやつでした？」

「いくつか店を経営しているとかで、羽振りはよさそうだったぞ。俺がちょっと凄んでみたが、まったく効果なしだった。スーツなんか着てやがったが、一皮むけば昔とそんなに変わってないんじゃないのかな……」

「へえ、そんなやつが、稔さんにびびってたんですね」

「ああ……」

日村はゆっくりとうなずいた。「稔はやっぱり、たいしたやつなんだ」

「そうですね」

日村も帰宅することにした。今日も疲れた。

「じゃあ、後は頼んだぞ」

「はい。お疲れ様でした」

日村は事務所を出て、自宅に向かった。

22

翌日の午後、永神がやってきた。オヤジとはアポを取っているという。日村が組長室に案内すると、阿岐本に同席しろと言われた。

阿岐本と永神は、ソファで向かい合って座った。今日は、ソファに座れと言われ、日村はそのとおりにした。

「それで……?」

阿岐本が促すと、永神が言った。

「『サイバーオン』の木島って社長に会ってみようと思うんだ」

「会ってどうする?」

「梅中仁志に会えないか、探ってみようと思ってな」

「梅中に……?」

「北千住再開発と『千住興業』社屋ビル売買の件について話をしてみようってわけだ」

「おまえがその話をすると、どうなるんだ?」

「ケチが付く」

阿岐本と永神は、しばらく無言で顔を見合わせていた。やがて、阿岐本が笑みを浮かべた。

「なるほど、俺たちにしかできない芸当だな」

つまりこういうことだ。

暴力団が眼を付けて、関与したがっている物件ということになる。『サイバーオン』が手に入れた後も、暴力団の影がちらつくと、ひじょうに面倒なことになる。銀行は融資をしないだろうし、転売しようにも買い手がつきにくくなる。

ケチが付くというのはそういうことだ。阿岐本が言ったとおり、ヤクザにしかできない芸当だ。

「梅中だってばかじゃないから、ケチが付いた取引には二の足を踏むだろう」

「おそらく」

阿岐本は思案顔で言った。「『千住興業』内でも動きがあるぜ」

永神が眉をひそめる。

「動きというのは……？」

「じきに増原社長が、犬塚常務の企みに気づくはずだ。映画館を閉鎖して、社屋を売却ってのは、犬塚常務が描いた絵だから、増原社長が犬塚常務を信用しなくなれば、この計画が消滅する可能性がある」

「じゃあ、梅中に会う必要はないってことかい？」

「いや、面白いから、会ってみてえ。なんとかアポ取ってみろ」

「え、アニキも会いに行くってことかい」

「ああ、そういうことだ」

「けどね……」

　永神が言った。「一つ気になることがあるんだ」

「何だ？」

「物件にケチを付けちまったら、北千住再開発に関わっている何も知らない人たちに、迷惑をかけることになるんじゃねえかと思ってね……。『千住興業』が今後、本気で社屋を売りたくなったときにも悪影響があるんじゃねえか？」

　阿岐本が笑った。

「ヤクザのくせに、そんな心配してるのかい」

「いや、俺だって人様のことは考えるさ」

「心配ねえよ。実態がねえんだから、そのうちみんな俺たちのことなんて忘れちまうよ」

「そんなもんかね……」

「それともナニかい？　おめえは本気で再開発に絡もうって腹かい？」

「いや、とんでもない。これ以上アニキに迷惑をかけるようなことはしねえよ」

「だったら、心配するな」

「ああ、わかった」

　永神は一時間ほどで帰った。午後三時になろうとしている。

　永神を送るために組長室から出てきた阿岐本が、ふと気づいたようにテツに尋ねた。

「ファンの会のウェブサイトのほうはどうだい？」

テツがパソコンに向かったまま、顔だけをオヤジに向けてこたえる。

「香苗の書き込みがきっかけになったようです。会員の書き込みが増えていますね」

「そいつは、いい傾向なんだな？」

「いい傾向だと思います。ただ、しばらく様子を見ないと、結果はわかりません」

「すぐに結果を出そうなんて思っちゃいねえさ」

阿岐本は、そう言うと組長室に戻った。

日村は、テツに言った。

「オヤジに何か訊かれたら、立ち上がってこたえるもんだ」

「あ、すいません」

オヤジもテツには甘い。それだけテツが役に立っているということだ。

「半グレの武井と話をつけてきた。もっとも、ほとんど稔のおかげだけどな」

稔が、ぼそりと言った。

「そんなことはありませんよ」

日村はかまわずテツに言った。

「だから、もう脅しの書き込みはなくなるはずだ」

「そうですね。昨日から脅迫の書き込みはなくなりました。それも、会員の書き込みが増えている理由だと思います」

「船渡川さんは、脅しに屈しないで書き込みをすると言っていたが、やっぱり一般の会員は脅しがあると、書き込もうという意欲が鈍るだろうからな」

　テツが言った。

「掲示板の雰囲気からすると、これから書き込みはどんどん増えていくと思います」

「本当か？」

「女子高生の影響力はけっこう大きいんです」

「香苗のことか？」

「そうです。ＳＮＳなんかでは、女子高生は一大勢力です」

　やっぱり女子高生はあなどれない。

　日村は、そんなことを思った。

　チャイムが鳴った。インターホンのモニター画面を見た真吉が言う。

「香苗です」

　噂をすれば影、というやつか……。日村は思わず顔をしかめた。

「何であいつは、来るなというのにやってくるんだ」

　真吉が困った表情で言う。

「追い返しますか？」

　再びチャイムが鳴る。

「どうせ追い払っても、また来るんだろう。入れてやれ」

真吉が玄関のドアを解錠すると、香苗の声が響いた。

「こんにちはー」

制服姿だ。人に見られたら、言い逃れはできない。

日村は言った。

「何か用か？」

「掲示板に書き込んだのよ。読んでくれた？」

「ああ、読んだ」

「それだけ？」

何を言えばいいんだろう。

「よく書けていたと、テツも言っていた」

「そう。テツさんに読んでほしかったのよね。あれでよかったかどうか」

香苗は笑顔になった。

日村はテツに言った。

「何か言ってやれ」

「そうですね」

テツが言った。「素直でよかったと思います。ただですね。書きっぱなしじゃだめです。レスがついたら、それにちゃんとまたレスをつけてください。そうやって、掲示板は盛り上がっていくんです」

「わかってる」

日村は落ち着かなかった。

「用が済んだら、早く帰ってくれ」

「そんな言い方ないでしょう」

日村が言い返そうとしたとき、玄関ドアを叩く音が聞こえた。さらにチャイムの音が聞こえる。

再び真吉がモニターを見る。そして言った。

「甘糟さんです」

日村は溜め息をついた。最悪の事態だ。人に見られるどころか、警察に見られていたらしい。

「開けるしかないだろう」

真吉がドアを開けると、まず事務所に入ってきたのは、甘糟ではなく仙川係長だった。甘糟はやや遅れて、困ったような顔で入って来た。

仙川係長が言った。

「こいつは現行犯ですね。言い逃れはできませんよ」

日村は言った。

「待ってください。いったい何の現行犯なんです？」

「逮捕・監禁の罪です」

「誰が誰を逮捕・監禁していると言うんです？」

「一目瞭然でしょう。暴力団の事務所に、制服を着た女子高校生がいる」

「このタイミングでいらっしゃるということは、この事務所を張り込んでおいでだったんでしょう。ならば、明らかなはずです。彼女は自分からここを訪ねてきたんですよ。誰も逮捕・監禁なんてしていません」

「どうですかね……」

「甘糟さん、あなたもご覧になっていたはずですね」

日村に言われて、甘糟はしどろもどろにこたえる。

「それは、その……」

仙川係長がぴしゃりと言った。

「君は黙っていなさい」

甘糟はしゅんとなって口をつぐんだ。仙川係長は続けて言った。「強要されてここに来たんでしょう。脅迫の罪も加えましょうか」

日村は腹が立ったが、ここでキレるわけにはいかない。常日頃、オヤジからヤクザは我慢だと教えられている。

日村は香苗に言った。

「おまえ、強要されてここにやってきたのか？」

「キョウヨウって？」

「無理やりここに来いって言われたのかってことだ」

「あー、それはないわね。むしろ、いつも来るなって言われてる」

日村は仙川係長を見て言った。

「本人がこう言ってるんですよ」

「逮捕・監禁は、錯誤があっても成立するんです」

「サクゴ……？」

「つまり、本人が勘違いをして、監禁されていないと感じていても、客観的・社会的に見て監禁と評価される行為であれば、監禁罪の成立が認められるということです」

わざと小難しいことを言って、こちらを煙《けむ》に巻くつもりだ。こいつはヤクザの手口じゃないか。そんなことを思いながら、日村は言った。

「そこまでおっしゃるなら、出るとこに出ましょうか。こちらは何もやましいことはしていないんです」

「ほう……。やましいことをしていない」

「ええ、そうですよ」

「女子高生を事務所に連れ込んでおいて、よくそんなことが言えますね」

「ですから、連れ込んでなんていません。その眼でご覧になっているはずです。だから、出るところに出ましょうと言ってるんです」

出るところってのがどこなのか、実は日村自身よくわかっていない。もともとは、公判の場とかの意味なのだろうが、日村だって本気で裁判を望んでいるわけではない。

仙川係長が言った。

「何でも、映画館の利権に手を出しているそうじゃないですか」

「どう曲解すればそんな話になるんです？　自分らは閉館しようとしている映画館をなんとか存続させようとしているだけです」

仙川係長が鼻で笑った。

「暴力団員が何でそんなことをやらなけりゃならないんです？」

それは、こっちが訊きたい。日村は心の中でそう言いながらこたえた。

「それを望んでいる人たちがいるなら、私らは一肌脱ぎますよ」

「もっともらしく聞こえますがね、暴力団員がそんな奇特な連中じゃないことは、百も承知です」

「信じようが信じまいが、本当のことなんです」

仙川係長は、勝ち誇ったように言った。

「とにかく、現行犯ですから、ここにいる全員を逮捕します。甘糟君、連行しなさい」

日村は甘糟を見た。

甘糟は動かない。床を見つめて、両手を握りしめている。その拳が小さく震えていた。

仙川係長が言った。

「何をしているんです。全員検挙ですよ」

甘糟が泣きそうな顔で言った。

「いや、それはまずいと思います」

仙川係長が心底驚いたような顔で甘糟を見た。

「まずい？　どういうことです？」

「日村が言うとおり、我々は坂本香苗が事務所に一人で入っていくのを見ていたじゃないですか」

「それを証明する者はいませんよ」

「いや、事務所にいた全員が知っています」

「その事務所にいた全員が被疑者なんですよ。だから、証明などできません」

「坂本香苗本人が証言するでしょう」

「彼女は、まだ未成年ですからね。判断力も低いでしょう。だから、錯誤しているのです。錯誤があっても監禁罪が成立するのは、今しがた説明したとおりです」

香苗が言った。

「私、錯誤なんてしてませんよ。この前から何度も言ってるでしょう。私はここに来たいから来てるんだって。警察は、なんでそれを認めようとしないの？」

警察や検察といった司法機関は、自分たちの都合のいいことしか聞かない。少なくとも、日村はそう思っている。

甘糟が、さらに泣きそうな顔になって言った。

「彼女の証言は充分に証拠能力があります。ここで全員検挙して、日村が言うとおり、出るところに出たら、困ったことになるんじゃないですか」

仙川係長が言った。

「困ったことになどなりませんよ」

その言葉は、日村には負け惜しみに聞こえた。

甘糟が言う。

「ここは、出直したほうがいいと思います」

仙川係長が、日村を見て言う。

「映画館についても、いろいろと訊きたいことがあるんですがね……」

甘糟がすがるように言う。

「それもまた、今度ということで……」

仙川係長は、甘糟を冷ややかに見た。それから日村を見て言った。

「まあ、仕方がない。部下がこのありさまでは仕事になりません。今日のところは引きあげるとしましょう」

日村は言った。

「ごくろうさまでした」

「しかし」

仙川係長が言う。「これで済んだとは思わないでください。必ずあなたたちの尻尾を捕まえてみせますからね」

　仙川係長が事務所を出ていくと、甘糟が慌ててそのあとを追った。

　二人が出ていくと、香苗が言った。

「何よ、あれ」

　日村は言った。

「何よあれじゃない。おまえが事務所に来たりするから、警察に睨まれるんだ」

「私がどこに来ようと自由じゃない」

　日村はほとほと困り果てた。

「頼むから、事務所に近づかないでくれ」

「それって、おかしくない？　阿岐本組は別に悪いことをしているわけじゃないんでしょう？　なのに近づいちゃいけないわけ？」

「今の日本じゃな、俺たちの存在自体が悪いことになっているんだ」

「じゃあ、今の日本が間違っているんじゃない」

「俺たちの同業者は悪いやつらばかりだ。金のために人を騙したり、脅したりする。殺すやつもいる」

「同業者が悪いからといって、阿岐本組が悪いわけじゃないでしょう」

「いいか。俺たちは健さんじゃないんだ」

　香苗が目を丸くした。

「当たり前じゃない。健さんは特別なのよ。代貸が健さんなわけないじゃない」

当たり前か……。ちょっと傷ついた。

「わかってりゃいいんだ」

「でも……」

「でも、何だ?」

「今日のあの刑事さん、ちょっと健さんっぽかったわよね」

「甘糟さんか?」

「上司に叱られるとわかってて、代貸たちのことをかばってくれたのよね」

「ああ……」

日村は、甘糟の泣きそうな顔を思い出していた。「あの人は、ばかだ」

「ばか?」

「そう。俺たちと同じ種類のばかだ」

「それって、ほめ言葉よね」

「そうかもしれない」

香苗は、ちょっとうれしそうな顔をして言った。

「帰れ帰れとうるさいから、帰ることにするわ。じゃあね」

香苗が事務所を出ていくと、日村はほっとした。

真吉が言った。

「自分も感動しました」

日村は尋ねた。

「甘糟さんのことか？」

「はい」

「いや、案外、本当にやばいと思っただけかもしれない。あの人は何より保身を考えるからな」

香苗にはああ言ったが、日村も実際にはどうなのか判断がつきかねた。

健一が言った。

「しかし、仙川係長は諦めそうもないですね……」

「そうだな」

日村は言った。「何とかしなけりゃならんと思うが……」

そのとき日村は、ふと稔の表情が冴えないのに気づいた。何か心配事でもあるかのような顔をしている。

「稔」

日村は尋ねた。「何か気になることでもあるのか？」

稔は、はっと日村を見てこたえた。

「いえ、何でもないんです……」

「武井のことか？」

「あ、いや……」

否定しかけて、考え直したように言った。「ええ、まあ、ちょっと……」

「何だ？　言ってみろ」

稔は、一度目を伏せ、改めて日村を見てから言った。

「あいつがこのままおとなしく引き下がるとは思えないんです。そんなタマじゃないんですよ」

「気にし過ぎじゃないのか？」

「いや、自分はあいつのことをよく知っていますから……」

「ふうん」

日村が考え込んだとき、組長室のドアが開いた。

「おい、誠司、永神から連絡があった」

「オジキから？」

「『サイバーオン』の木島を通じて、梅中仁志とのアポが取れたそうだ」

さすがは永神、驚くほど段取りが早いと、日村は思った。

23

午後六時に『サイバーオン』本社で待っていると、木島は言ったそうだ。梅中も同席するということだろう。

「俺は着替えてくるぜ。五時に車の用意をしな。誠司もいっしょに来い」

阿岐本が言った。日村が稔を見ると、「了解した」というふうにうなずいた。

住居から下りてきた阿岐本は、スーツ姿だった。スキンヘッドにスーツというのは、凄味がある。午後五時ちょうどに出発して、青山一丁目にある『サイバーオン』に向かった。

阿岐本は何も言わない。だから日村も稔も口を開かなかった。

これからどうなるのか、日村にもわからない。訳もなく、心臓が高鳴る。これから、殴り込みに行くわけじゃないんだ。別に俺が緊張することはない。日村は自分にそう言い聞かせていた。

「ここのようです」

車を縁石に寄せて停めると、稔が言った。目の前のビルを見上げて、阿岐本が言った。

「立派なビルじゃねえか」

日村は言った。

「自社ビルじゃないです。『サイバーオン』は、この中の何フロアかを借りているようです」

「こんなビルを借りられるなんて、やっぱりたいしたもんだよ」

そして、阿岐本は時計を見た。「まだ、少し早いな」

「そうですね」

「なあ、誠司」

「はい」

「『サイバーオン』は見てのとおり、立派な会社だ。梅中も、まあ言ってみりゃあ、大物だ。そして、北千住の再開発となりゃあ、こいつはでかい話だ」

「はい」

「それに比べりゃ、潰れかけている映画館や、俺たちの組なんてのは、えらいちっぽけな話だよなあ」

何とこたえていいかわからず、日村は黙っていた。

阿岐本の言葉が続いた。

「はなから勝負にならねえ話だ。けどなあ、ここで負けるわけにはいかねえと、俺は思うんだ。でかい金が動くから正しいってわけじゃねえ。『千住シネマ』はね、潰しちゃいけねえんだって、俺は本気で思うようになった。時代のせいにしたくはねえ」

「自分もそう思います」

「日本人は、いつの頃からか、踏ん張らなくなった。俺はそう感じる。いいか、誠司。ここが踏ん張りどころだ」

「はい」

「相手はでかい。さあ、どうする？」

「自分らにしかできない芸当ですね」

阿岐本が笑みを浮かべた。

「それだよ。さて、行こうか」


受付で来意を告げると、すぐに総務の者だと名乗る人物がやってきて、社長室に案内された。

ロビーは渋めのグレーで統一されていて、いかにも高級そうな印象だったが、社長室を一目見ると圧倒された。

阿岐本の部屋の十倍はあるのではないかという広さだった。はるかかなたの窓際に社長用のデスクがある。

ホテルのラウンジか高級クラブではないかと思うような応接セットがあった。

阿岐本と日村のほうに、一人の男が近づいてきた。高級そうなスーツを着ている。

「木島です」

その男が名乗った。彼は、猜疑心を隠そうともしなかった。にこりともせずに、阿岐本を見ている。

阿岐本が名乗ると、応接セットに座るように言った。日村は阿岐本が座ったソファの後ろに立った。シノギの際の定位置だ。

木島が阿岐本の正面を避けて座った。警戒しているのだ。恐れているのかもしれない。

一方、阿岐本はいつもとまったく変わらない様子だった。

ドアをノックする音が聞こえた。先ほどの総務の男に案内されてやってきたのは、永神だった。

「あ、アニキのほうが先だったか。早かったね」

阿岐本が言う。

「おめえが遅いんだよ。俺は時間通りだ」

永神は、阿岐本の隣にどっかと腰を下ろした。そして、木島に言った。

「電話では失礼しました。私が永神です」

「木島です」

彼の緊張が高まる。

まあ、ヤクザ三人が目の前にいるのだから、無理もないだろうと、日村は思った。

永神が木島に尋ねる。

「それで、梅中さんは？」

「もうじき参ると思います」

いちおう会社の相談役なので、謙譲語を使っている。

それにしても、木島の顔色がすぐれないなと、日村は思った。同じことを感じたのだろう。

阿岐本が言った。

「そんなに緊張なさることはありませんよ。別に取って食おうってんじゃねえんだ。私ら、腹を割って話がしたいと思っているだけなんです」

「腹を割って、ですか？」

木島は顔をしかめる。

妙だなと、日村は思った。木島は四十代という若さだが、海千山千のはずだ。でなければ、これだけ会社を大きくできるはずがない。

ヤクザが会いにきたからといって、これほどうろたえるはずはない。

何かあるのではないか……。

阿岐本が言った。

「そうです。話をするというか、お願いをしに来たと言ったほうがいいかもしれません」

「何をですか？」

木島はますます緊張した様子になる。背後にいる日村からは見えないが、おそらく阿岐本は笑みを浮かべているはずだ。

「まあ、それは、梅中さんがいらしてからお話ししましょう」

女子社員がお茶を運んで来た。もう六時を過ぎているが、社員はまだ仕事をしているのだ。

女子社員は、日村の茶をどこに置くか一瞬迷った様子だったが、結局、阿岐本の茶の横に置いた。

阿岐本が茶をすする。ヤクザの中には、何か入っているのではないかと警戒して手を出さない者もいるが、それは小物のやることだ。

木島は、何も言わない。何を話していいかわからないのだろう。阿岐本も永神も無言だ。妙な沈黙が続いた。

再び、ドアをノックする音。総務の男が告げる。

「梅中相談役です」

入室してきたのは、何度かテレビで見た顔だった。彼は、木島の隣に腰を下ろすと言った。

「何の話なんですか?」

木島がこたえた。

「何でも、『千住興業』本社ビルの件だとか……」

「それは、何だっけな……」

しらばっくれているのだろうか。日村はそう思って梅中仁志の顔を見た。彼は本当に何のことかわからない様子だった。

木島が言った。

「例の北千住の件で……」

「ああ、不動産屋のビルですか。それがどうかしましたか?」

阿岐本が言った。

「売却の話がお耳に入っているかと存じますが、それはちょっとした手違いでして……」

梅中が阿岐本を見ながら木島に尋ねた。

「こちらさんは？」

木島がこたえるより早く、阿岐本が言った。

「阿岐本組というちっぽけな組を構えております、阿岐本雄蔵と申します。こっちは、弟分の永神健《けん》太《た》郎《ろう》です」

「おや……」

梅中が言った。「組だの弟分だのと、今どき流行《はや》りませんな……」

「おっしゃるとおりです。最近は私らのような者は生きにくくてしかたがありません」

「それで、手違いとおっしゃるのは……？」

「『千住興業』の犬塚常務とお話をなさったのだと思いますが、それが手違いなんです。社長に社屋を売る気はないんですよ」

梅中が木島を見て言った。

「これは、どういうことなんだ？」

「これは、いわゆるイチャモンというやつで……」

「イチャモン……。じゃあ、売買の取引については間違いはないんだな？」

「犬塚常務とはその線で話を進めています」

阿岐本が言った。

「その線ってのは、どういう線か存じませんがね、犬塚常務に社屋を売る権限なんてないんです」

梅中が木島に尋ねる。

「そうなのか？」

「犬塚常務は何とかするとおっしゃっています」

梅中がうなずいた。

「それならいいが……。こういう話はスピードが勝負だからね」

阿岐本が梅中に尋ねる。

「あなたが、北千住再開発の話を政府の筋から仕込んでいらしたのですね？」

梅中は否定しなかった。

「小耳に挟んだんだよ。国交省のあたりからの噂だ」

「ただの噂で動くんですか？」

「言っただろう。こういう話はスピードが勝負なんだ」

「とにかく……」

阿岐本が言った。「『千住興業』の社長は、社屋を手放す気はありません。そこで、お願いなんですが、『千住興業』のことは、なかったことにしていただけませんか」

木島が言った。

「何をばかなことを……。ビジネスなんですよ。はい、そうですか、じゃあ、なかったことにします、なんて、言えるわけないじゃないですか」

「どうしてです？　まだ、現実に金が動いているわけじゃねえでしょう。現時点では、ただの絵に描いた餅でしょう」

梅中がじっと阿岐本を見ている。何事か考えている様子だ。

やがて、彼は言った。

「一枚噛んで、甘い汁を吸いたいということなんでしょう？　つまり、イチャモンというのは、そういうことですね」

阿岐本がこたえた。

「金なんざ、いりませんよ」

「じゃあ、何がほしいんです？」

「別に何もほしくありません」

「そんなばかな話がありますか。ヤクザが金を欲しがらないなんて……」

「そうです」

木島が言った。「あなたがたのような人たちは、常に金を要求するじゃないですか」

日村はこの物言いも気になった。今まで青かった木島の顔が赤く染まっている。腹を立てている様子だ。

阿岐本はかぶりを振った。

「本当のことです。金などいりません」

梅中が尋ねる。

「じゃあ、何で『千住興業』社屋の件をなかったことにしてくれ、などとおっしゃるのです？」

「守りたいものがありまして」

「ほう、それは何でしょう？」

「映画館です」

梅中が怪訝そうに眉間にしわを刻む。

「映画館？　それは、何のことです？」

阿岐本がこたえた。

「『千住興業』の自社ビルには映画館が入っていましてね。社屋を売却したら、必然的にその映画館が潰れてしまう。その映画館の存続を願っている人がたくさんいらっしゃいましてね。私どもは、その人たちの願いを叶えて差し上げたいと思っているわけです」

梅中が、不思議そうに尋ねた。

「それが、あなたがたにとって、何の得になるんです？」

「ですから、得になどなりません」

「ふうん……」

「嘘だ」

木島が言った。「ヤクザや半グレは、最初は友達のような顔をしているが、結局は金を脅し取ろうとするんだ」

一瞬の沈黙があった。

日村は言った。

「失礼します。ちょっとよろしいでしょうか」

阿岐本が言った。

「何だい？　言ってみな」

「木島さん。もしかして、それ、武井のことですか？」

木島が言った。

「あんたらは、武井とグルなんだろう？」

阿岐本が背を向けたまま、日村に尋ねる。

「武井ってのは、例の半グレかい？」

「はい」

それから、木島に向かって言った。「つまり、武井ってやつが、金をよこせって言ってきたわけですね？」

「ふん。知ってて訊いてるんだろう」

「いや」

阿岐本が言った。「武井が、映画館のファンの会に嫌がらせをしているってのを聞いて、それをやめるように頼みに参りましたが、金の話なんざ、聞いておりません。そいつを、詳しくお聞かせ願えませんか？」

「あいつは突然、北千住再開発の話を持ちだしてきて、そんな儲け話なのに、自分らがただ働きはないだろうと……」

なるほど、と日村は思った。木島が妙に緊張していたのは、そのせいだったのだ。稔が「このままおとなしく引き下がるとは思えない」と言っていたが、そのとおりだったわけだ。

阿岐本が言った。

「そっちのほうは、私らに任せてもらえれば何とかしますよ」

木島がどうしていいかわからない様子で、梅中を見た。梅中は眼を伏せて何事か考えている。

やがて、視線を上げて阿岐本を見てから、木島に言った。

「この話は、なかったことにします」

木島が目を丸くした。

「え……？　どういうことです？」

「君は、武井とかいう半グレと組んで、何かよからぬことをやったわけですね？」

「いえ、それは……。犬塚常務と相談しまして……」

「挙げ句の果てに、こうしてヤクザに乗り込まれている。この物件にはもう興味がなくなりました」

「そんな……」

阿岐本が言った。

「つまり、ケチが付いたとお考えですね」

梅中はいきなり立ち上がった。

「筋のいい話が他にいくらでもあります。この件はもうなしにします」

そう言い放つと、彼は社長室を出ていった。

木島は梅中が出ていったドアをじっと見つめている。

「ご理解いただけたようで、よかった」

阿岐本が言った。「では、私らも失礼しますよ」

『サイバーオン』の社屋を出ると、永神が言った。

「さすがアニキだ。これで社屋売却の話は潰れたわけだ」

「俺は何もしてねえよ。ただ、状況を梅中さんに説明しただけだ」

「いや、あれが交渉ってもんだよ。それで、『千住興業』のほうは、本当にだいじょうぶなのかい？」

「これから、社長に会おうと思う」

「わかった。じゃあ、俺はこれで……」

「おい、永神」

「何だい？」

「今後は、へたな小細工はやめることだな」

とたんに、永神の笑顔がひきつった。

「肝に銘じておくよ」

永神は、そそくさとその場を離れていった。

社屋を出る前に日村が連絡しておいたので、すぐに稔の乗った車がやってきた。それに乗り込むと、阿岐本が日村に言った。

「増原社長に会いたいと伝えてくれ」

「はい」

日村はすぐに電話をかけた。一流のヤクザは物事を後回しにしない。

「こちらから事務所をお訪ねします」

電話に出た増原社長は言った。

「いえ、今移動中ですので、こちらがうかがいます。どちらに向かえばいいですか？」

「まだ会社におります。いらっしゃるまでお待ち申し上げています」

電話を切り、それを伝えると、阿岐本は言った。

「じゃあ、行こうか」

『千住興業』に着いたのは、七時四十分頃のことだ。社長室を訪ねると、増原社長は笑顔だった。だが、その笑顔が淋しげだと、日村は思った。

「すぐにおいとまします」

阿岐本が言った。「社屋を買おうとしていた先方と話をしてきました。なかったことにすると言っていました」

「お手数をおかけしまして……。本来ならば、私が出向かなければならないのに……」

「なに、いいんです。請け負った仕事ですから」

「犬塚と話をしました」

「それで……？」

「犬塚は彼なりに、会社のことを考えていたのだと思います」

「でも、それはあなたや、先代、先々代の思いとは違ったわけです」

「対外的な交渉は、今後は私がやることにしました」

「犬塚さんは？」

「役員として残るように言ったのですが、彼は辞めるといって聞きませんでした」

「辞職されるのですか？」

「はい」

増原の淋しげな表情の理由はそれだったのだと、日村は思った。

阿岐本は「そうですか」とだけ言った。

増原が気分を変えるように言った。

「社員の中から、映画館の担当者を募集してみたところ、応募が殺到しましして……。こんなことになるなんて、今まで考えてみたこともありませんでした」

阿岐本も笑顔になった。

「映画ってのはね、そういうもんだと思いますよ」

「やる気のある社員にやらせれば、映画館の経営状態も、少しは上向くと思います」

「ファンの会の方々とも、よく話をされるといいと思います」

「ええ。そう申し伝えておきます」

阿岐本はうなずいた。

「では、私らはこれで……」

「いっしょに夕食でもいかがです？」

「いけません」

阿岐本はかぶりを振った。「私らと食事などなさったら、ケチが付きます」

24

事務所に戻ると、仙川係長と甘糟がいたので驚いた。もう午後八時半を過ぎている。

日村は仙川係長に言った。

「何のご用でしょう？」

「ここに来るのに、用がなきゃいけないんですか？　女子高生は用もないのにやってくるんでしょう？」

阿岐本が言った。

「そいつは、お嬢の話かい？」

仙川係長が何か言う前に、日村は言った。

「ここは、自分に考えがあるんで、任せてもらえませんか」

阿岐本は、日村と仙川係長、そして甘糟を順に見てから言った。

「そうかい。じゃあ、任せた。旦那がた、失礼しますよ」

阿岐本はエレベーターに向かった。

仙川係長が言った。

「あ、こら。待たんか」

阿岐本はかまわず姿を消す。

日村は仙川係長に言った。

「せっかくいらしてくださったんですから、耳寄りな情報をお教えしようかと思っているんですが……」

仙川係長が日村を見る。

「耳寄りな情報……？」

「『サイバーオン』という会社がありましてね。インターネットを利用したリース会社なんですが、不動産なんかも手がけているんです」

仙川係長が言った。

「それがどうした？」

甘糟も怪訝そうな顔で日村を見ている。日村は言葉を続けた。

「『サイバーオン』が、北千住あたりのビルの売買を計画していたんですが、それに絡んで、半グレが金銭の要求をしているということです。おそらく恐喝ですよ」

「だから何だ？」

「半グレの恐喝となれば、あなたがたの出番じゃないですか」

「ふん。関係ないね」

「その会社には、梅中仁志が関わっていましてね……」

「梅中仁志……？　あの梅中か？」

出世欲が強い人物は、権力者に弱い。案の定、仙川係長は梅中の名前に反応した。

「梅中に関わりのある会社にアヤをつけている半グレを検挙したとなれば、男を上げますよね」

「管轄外の話だ」

「情報の出所は自分です。つまり、管轄内で情報を得たということでしょう」

仙川係長は、しばし考えてから言った。

「ふん。別に関心はないが、念のために聞いておこう。その半グレの名は？」

「武井亮治です」

仙川係長は急に落ち着きをなくした。

「適当なことを言って、私を煙に巻こうとしても無駄だぞ。まあ、今日のところは、これで引きあげるとするか。甘糟君、行くぞ」

仙川係長は事務所を出ていった。

「梅中仁志の話は本当なの？」

甘糟の問いに、日村はこたえた。

「本当ですよ」

甘糟はうなずき、仙川係長を追っていった。

日村は稔に言った。

「武井を仙川係長に売った恰好になっちまったが、かまわないか？」

稔が言った。

「代貸がやらなかったら、自分がやっていましたよ」

日村は「そうか」とだけ言った。

それから、ふっつりと仙川係長と甘糟の姿を見なくなった。

土曜日の午後のことだった。香苗と船渡川が事務所にやってきた。

日村は船渡川に尋ねた。

「どうなさいました？」

船渡川が、以前とは打って変わってにこやかに言った。

「クラウドファンディングによる資金がどんどん増えているんです」

「ほう……」

香苗が言った。

「掲示板が盛り上がってね。ファンの会の会員以外の書き込みも増えてきたの。映画館をなくしちゃいけないという人がたくさんいて、そういう人が寄付してくれるの」

船渡川が香苗に言った。

「おい、クラウドファンディングは寄付じゃない。出資だよ」

「まあ、いずれにしろ金が集まっているということですね」

日村は尋ねた。「それで、そのお金をどうお使いになるんですか？」

「それなんですよ」

船渡川が言う。「金額がある程度に達したら、『千住興業』と話をして、協同出資とかを考えようとしていたんですが、『千住興業』じゃその必要はないって……。これからは会社としても力を入れると言うんです」

「社長はそうおっしゃるかもしれませんね」

「ですから、クラウドファンディングの金は、何かあったときのために、基金として取っておこうと思っています。大規模な修繕とか、また映画館を閉めるという話が出たときとか……」

「けっこうですね」

香苗が言った。

「明日、久しぶりにリクエスト上映会をやるんだって。だから、今日はこれからその準備に行ってくる」

日村はうなずいた。

「そりゃいいな」

船渡川が、ためらいながら言う。

「あの……。実は、一言申し上げなければいけないと思って、今日はここにやって参りました」

「何をです？」

「お礼です」

「礼？」

「そして、お詫びを申し上げなければなりません。みなさんのお気持ちも理解しようとせず、失礼なことを申しました」

「礼も詫びも必要ありません。船渡川さんのなさりようは、ごくまっとうなものでした。私ら、そういう輩《やから》ですから」

「みなさんのおかげで、ファンの会の活動も活発になりました。私もまた、会を楽しむことができます」

「何よりだと思います」

船渡川はさらに何か言おうとしていたが、うまく言葉が見つからない様子だった。このやり取りをオヤジに聞かせたい。日村はそう思っていた。

「そろそろ行かないと……」

香苗に促され、船渡川は一礼して事務所を出ていった。香苗も出ていこうとする。日村は彼女を呼び止めた。

「なあに？」

「おまえ、よくがんばったな」

「え……」

「聞こえただろう」

「もう一回言ってよ」

「いいから、早く行け」

香苗はうれしそうな笑顔で出ていった。

その三日後、甘糟が事務所にやってきた。

日村は尋ねた。

「おや、仙川係長はどうされました？」

甘糟はそれにはこたえずに言った。

「武井っていう半グレだけど。じきに検挙されるよ」

「そんなことを、私らに洩らしていいんですか？」

「あんたからもらったネタだからね。係長が大喜びでさ」

「渋谷署かどこかの事案じゃないんですか？」

「本部の組対四課が逮捕に行く。情報元はうちだから、まあ、仙川係長の手柄ということになっている」

「そうですか」

「あんたの狙いどおりだよね」

「狙い？」

「しつこい係長の追及をかわすために、餌を投げてやったんだろう？」

「いや、市民の義務として情報提供しただけですよ」

「まあいいさ。たぶん、係長は当分やってこないと思うよ」

「それを聞いて安心しました」

「でも、俺は手を抜かないからね」

「いつでもお待ちしてますよ」

「だからさ、そういう言い方はやめてよ。それでなくても、係長に、癒着してるんじゃないか、なんて言われてるんだから」

「気をつけます」

「頼むよ」

そう言うと、甘糟は事務所を出ていった。

健一が言った。

「仙川係長は、自分らに関心がなくなったってことですかね？」

日村はこたえた。

「しばらくは、他のところに関心が向いているってことだろう」

「甘糟さん、ほっとした様子でしたね」

「ああ。それを知らせたくて来たんだろう」

「甘糟さんも仙川係長には手を焼いている様子でしたからね」

「俺は、オヤジに報告してくる」

組長室に向かった。ドアをノックすると、「入んな」という阿岐本の声が聞こえた。

「失礼します」

日村は部屋に入ると、机の正面に立って、今の甘糟の話を伝えた。

「そりゃあ、一安心だ」

「はい」

「おめえ、一石二鳥を狙ったな」

「いえ、自分は……」

「武井を排除すると同時に、仙川係長の関心を組からそらし、あわよくば恩を売ろうとしたんだろう。なかなかの策士だ」

「甘糟さんにも似たようなことを言われました」

「ヤクザはそうでなくっちゃな」

皮肉なのか、褒められているのか、よくわからなかった。

「先日、船渡川さんがいらして、ファンの会も活発になったとおっしゃっていました。クラウドファンディングも順調のようです」

「そうかい」

「礼と詫びを言いたいと……」

「俺たちゃ、礼なんぞ言われるようなモンじゃねえんだよ」

「そう申しました」

阿岐本はうなずいた。

「それでいい」

「『千住シネマ』はどうなんでしょう？」

「まあ、相変わらずなんじゃねえのかい」

「相変わらずですか……」

「それじゃ、俺たちが手を貸した甲斐がねえって言いたいんだろう。だがな、このご時世だ。映画館に客が急に増えるなんてことはねえさ」

「はあ……」

「だからな、今回の仕事は、気分を変えることだったんだよ」

「気分ですか」

「そうだ。どんなことも、気分さえ変えりゃ乗り切れるんだ。増原社長の気分を変え、社員たちの気分を変え、ファンの会の人たちの気分を変えた。それだけで、『千住シネマ』は安《あん》泰《たい》なんだよ」

そうかもしれないと、日村は思った。阿岐本の言葉が続いた。

「ウイスキーがボトルに半分残っているとする。もう半分飲んじまったと思うのと、まだ半分も残っていると思うのじゃ、気分がずいぶん違うだろう。同じ売り上げでも気分次第で状況が変わるんだ」

喩《たと》えとしては、何か違う気もするが、阿岐本の言いたいことはわかる。

「そうですね」

日村がそう言ったとき、ドアをノックする音が聞こえた。

「何でえ？」

阿岐本が言うと、ドアが開いて健一が顔を出した。

「あのう。増原社長がお見えですが……」

「なに、社長が……」

さすがの阿岐本も驚いた顔をしている。席を立って組長室を出た。自ら出迎えるためだ。

日村もすぐにそのあとを追った。

若い衆が全員立ち上がっていた。

増原が阿岐本を見て、丁寧に頭を下げた。

阿岐本が言った。

「たまげましたね。今ちょうど、『千住シネマ』の話をしていたところなんです。どうしなすったんです？　声をかけてくれりゃあ、こちらからうかがいますのに……」

「こちらからお訪ねするのが筋だと思いまして……」

「いや、筋も何も……。さ、こちらへどうぞ」

阿岐本は組長室に案内しようとした。すると、増原が言った。

「ここでけっこうです。皆さまにも、お礼を申し上げなければなりません」

「いけません」

阿岐本が言った。「私ら、礼を言われるようなことはしちゃいねえんで……」

「いいえ、皆さんは、うちの会社を救ってくださいました」

「会社を……？　そんな大それたことをした覚えはありません」

増原はかぶりを振った。

「間違いなく、会社は救われました。もし、『千住シネマ』も本社ビルもなくなっていたらと考えると、背筋が寒くなる思いです」

「映画館が存続することになって、本当によかったと思います」

「親分さんのお言葉は胸にしみました。何のために仕事をしているのか、この間ずいぶんと考えましたよ。『千住シネマ』は、わが社になくてはならないものだと、初めて実感しました」

「いやあ、いろいろと口幅ったいことを申しました」

「人事も含めて映画館のことをあれこれ工夫することで、社内にも活気が戻ってきました。私は、会社の特色や持ち味ということを忘れていました。それでは、経営の舵取りはできません」

「先々代が残してくれた映画館ですからね」

「『千住シネマ』を持っているからこその『千住興業』だってことに、今さらながら気づきましたよ」

「そうなりゃ、私らもお役御免ですね」

「今後も、何かと相談に乗っていただけるとありがたいのですが……。正式に会社の相談役ということにさせてもらってもいいです」

　阿岐本はきっぱりと言った。

「そいつはいけねえ。御社との付き合いは、一回こっきりです。まっとうな会社が、私らみたいなモンと付き合っちゃあいけません」

「昔から、映画業界は、あなたたちのような方々と切っても切れない縁があるじゃないですか」

「もう、そういうご時世じゃねえみたいです」

「わかりました。じゃあ『千住興業』としてお付き合いするのはなしにしましょう。でも、『千住シネマ』にご招待するのはかまわないでしょう」

「ですからね、社長。そういうのはいけないんですよ。私らみたいなモンが映画館にお邪魔しちゃあ、堅気の衆にご迷惑がかかるでしょう」

「親分さん」

　増原がやや強い口調で言った。「映画館の扉は万人に開かれているんです」

「はい……？」

「どんなお客さんも、おとなしく映画を観ていただく限りは、お断りはしないということです」

「万人にねえ……。なんだか、キリスト教会みてえですね」

「ですから、ぜひ皆さんに『千住シネマ』にいらしていただきたいのです」

阿岐本は考えている。日村もその返事を待っていた。

今回、若い衆は何もいい思いをしていない。せめて、映画を観せてやりたい。そんな思いがあった。

阿岐本が黙っているので、増原がさらに言った。

「今度の日曜日は、また『健さん特集』をやろうと思いまして……」

阿岐本が増原の顔を見て、にっと笑った。

「弱いところをついてきなさる」

「いかがでしょう。若い方々の研修にもなるんじゃないでしょうか」

「いやはや、研修ですか……」

若い衆がじっと阿岐本の顔を見つめている。日村も同じように視線を向けていた。

やがて阿岐本が言った。

「それじゃあ、お言葉に甘えて、今度の日曜日、みんなでお邪魔しましょう」

若い衆の表情がぱっと明るくなる。わかりやすい連中だ。

増原が言った。

「お待ち申し上げておりますよ」

「日曜日なのに、社長がいらっしゃるんですか？」

「ファンの会の皆さんもお集まりになるというので、顔を出そうと思っています」

ならば、香苗も来るだろうなと、日村は思った。健さんの映画をあいつが見逃すはずがない。

「では、これで失礼します」

増原が再び礼をして、事務所を出ていった。

「今度の日曜日ですか……」

日村は言った。「みんなで行くとおっしゃいましたが、事務所を空にするわけにはいきませんね」

「なに、かまわねえよ。こんなちっぽけな組、一日や二日留守にしたって、誰も何にも言わねえよ。せっかくだから、みんなで行こうじゃねえか」

「わかりました」

稔も真吉も嬉しそうだ。テツは、さっそく健さんについてパソコンで検索しているらしい。珍しく健一もはしゃいでいるように見える。

映画館に行くというのは、やはりわくわくするものなのだ。

日村も日曜日が楽しみだった。

解説

野崎六助

本作『任俠シネマ』は、今野敏の任俠シリーズ第五作。順序では五番目となるが、白眉のベスト作だ。作者の表の顔が一連の警察小説にあるとすれば、任俠シリーズは裏の収穫――その頂点にあるのが本作。初刊は、二〇二〇年の五月である。

下町人情が色濃く残る商店エリアに縄張りを持つ小さな任俠組織。一家は六人。シノギは厳しく、暮らしも清貧そのもの。それでもやっていけるのは、親分の顔と貫禄による。全国津々浦々に兄弟分がいて、情報収集力は底知れない。屋台は小規模でも、昭和の大俠客のスケールをそなえた人物だ。

ところがこの親分、金にならない仕事に異常にいれこむ、という悪癖があって、時おり破目を外す。そのたびにナンバー2の代貸が、これも持病の心配性を全開、忠実な部下として引きまわされることになる。

①『任俠書房』（二〇〇四年、『とせい』を改題）では倒産寸前の小出版社、②『任俠学園』（二〇〇七年）では理事が逃げだした私立高校、③『任俠病院』（二〇一一年）では廃院危機にある総合病院、といった物件が、親分のビョーキを掻きたてる。とくに第一作、第二作にお

いては、出版事業や教育部門の文化にたいする場違いな「憧れ」が親分を奮いたたせ、「オレがやらなきゃダレがやる？」といった使命感にまで高まってしまう。

暴力に生きる「暴力団」の親分が文化を論じ、世直しを高言する。――こういった組み合わせのおかしさ、対照の妙が、任俠シリーズの基調だ。親分が立ちあがれば、代貸以下、四人の子分もそれを絶対として黙々と従うのみ。彼らは、清く、正しく（？）、そしてどこまでも明るい。読者の多くは「ヤクザによる世直し」というシリーズのコンセプトをなかば笑いながら読みすすめるうちに、日本社会を元気にすると熱く語る親分の豪快な俠気から元気をもらったような気分になるだろう。

といったシリーズの基本路線は、本作の第一章にも快調に引きつがれている。親分の五厘下がりの弟分が「耳寄りの話」を持ちこんで親分の道楽がはじまる。この兄弟分、悪気はなくても、親分ひいては組全体をトラブルにまきこむ「案件」ばかりを紹介するのだ。代貸には苦々しいかぎりだが、渡世のうえで叔父貴分になる相手に逆らうわけにはいかず、ひたすら気苦労を背負いこむことになる。――お馴染みとなった展開で、今回のテーマは、シネマ、映画館、廃館を噂されるミニシアターだ。

街から映画館の灯を消してはならない。

この主張だけを取りだしてみれば、前作の④『任俠浴場』（二〇一八年）と同様だ。再開発という美名のもとに、暮らしのなかから喪われていく人情の機微、そういった無形の「財産」を護《まも》ることの価値を、親分は語る。銭湯、映画館、かたちは変わっても、旧《ふる》き情緒を大切にしなければならない心は同じだ。だが、テーマが映画館であるところが今回、決定的にちがう。ヤクザと銭湯の組み合わせは、昔はともあれ、現代では成り立たないイメージだ(刺青男は公衆浴場からしめだされるから)。一方、ヤクザとシネマは、これは、切っても切れない連関イメージである。

シリーズの親分と代貸コンビは、レトロな昭和の俠客といったキャラクターだ。堅気の市民社会との共存を第一に考える。素人衆に迷惑はかけず、どこまでも日陰の道を行く。薄暗い極道稼業こそ男の紋章――と。これは現実世界のヤクザより映画のなかの俠客に近い人物像だ。つまり⑤『任俠シネマ』においては、テーマ(親分の道楽)と主人公コンビの行動とが一体化した。『任俠書房』のような文化コンプレックス抜きに、俠客映画に自分の理想像を重ねることが出来た。シリーズ・ベストと推《お》す由縁である。

親分は、出版業や学校運営の理想を論じるようなバッド・チューニング(それはそれで不思議なおかしさがある)を感じさせない。映画から抜けだしてきたような人物が映画の魅力と効用を語るのだから、矛盾はない。昭和の俠客が、レトロな昭和の俠客映画を語るのだ。さらには、34ページで軽く話題になっているように、映画の創成期には、映画製作と俠客の生業とは不可分のものだった史実もある。79ページあたりでは、このジャンルについての、親分の意外な蘊蓄《うんちく》が明らかにされる。ヤクザ映画は、東映のロゴマーク、それもマキノ雅弘監督作品が至上だ(彼は全共闘世代のさる一派の情念を代弁しているわけだ)――と。東映任俠映画は、日本映画黄金時代の最後の残光だった。指名手配されていたヤクザ者が東映映画の賭場シーンに博奕打ち役で出演したのを、スクリーンで観た刑事に発見され、逮捕にいたったという逸話も知られている。賭場シーンなど、専門家（ヤクザ）に助言を求めたり、特別出演させることがあったという。怖ろしく人相の悪い大部屋俳優を大量に使った任俠映画の暴力的リアリティは圧巻だった。遠い昔日のことだ。蘊蓄ついでにいえば、275ページで叔父貴を感動させた作品は、二〇一九年度アカデミー作品賞の『グリーンブック』なので、彼らの好みが昭和映画一辺倒と誤解してはいけない。

　そして親分は、例によって、「映画は映画館で観る」ことが最上だと宣言する。映画館を守れ。映画館を存続させることこそ、文化の回復、社会の潜在力の未来につながる――。と、代貸相手に一席ぶつ。独特の理屈であり、シリーズとしては、ここが魅せ場の「世直し」決め科白《ぜりふ》だ。これが、東映着流しヤクザ映画の「高倉健主義」とともに熱っぽく語られるところに、本作のかぎりない面白さ・おかしさがある。レトロである。けれども、その潤いを喪って久しい社会に人びとは生きているのだ。

　さて、本作でのもう一つの焦点に関して、ここで簡略に記しておいたほうがいいだろう。それもまた、第一章から明示される。なじみの蕎麦屋から出前を断わられるエピソードだ。17ページに「暴力団排除条例」という言葉が出てくる。暴力団排除条例は、二〇〇九年から翌々年にかけて全国の地方自治体で施行された。条例であるから国の立法府の審議を経ていないが、全国一律であり、法律と同じ強制力を持つ。これを「民主主義の破壊」と批難する議論があったことは記憶に新しい。平たくいえば、『任俠シネマ』は、レトロ俠客による

「現代的」な司法権力への抵抗物語でもある。そこのところは、シリーズ新キャラクターであるマル暴係長の「大活躍」場面に露出している。

しかし「排除条例」への抵抗という点でみれば、前作『任侠浴場』のほうに、より濃厚に読み取れるだろう。いや、言葉をかえれば「排除条例」がいくらでも拡大解釈されそうな想像にあっては、任侠シリーズもまた「ヤクザに利益を与える」小説として指定される怖れがある。①から③までの話で、親分は社長になったり理事長になったりの「道楽」に男をあげた。④⑤と、つづく⑥『任侠楽団』（二〇二二年）では、その設定がもう許されない。親分の身分はコンサルタントであり、それも法律的には曖昧なグレーゾーンになる。「排除条例」の余波は任侠シリーズの継続に多大な打撃をあたえた、といえるのではないか。

こうしてシリーズは、前期の三作と後期の三作とがいくらか質感の異なるものとなった。だが、その基調は一貫して不動だ。それは、第一作の九章にあるとおり「ヤクザが住みにくい社会は一般市民にとっても生きづらい」という健全な思考である。作者は、それを大声で主張することは避け、エンターテインメントに潔く徹し、読者の良識的判断にゆだねているようだ。

任侠シリーズは、広義のユーモア・ミステリに分類できる。ユーモアの笑いは、暴力団排除条例にみる「警察国家化」へ向けられている。それを抵抗と読み取ることは読者の恣意《しい》ではあるが、この三十年ほどの日本社会全般の劣化・生き苦しさの増大に関しては、多数の者が閉塞感をともにしているはずだ。このままでは沈下にとどめがない、と。ヤクザによる世直しというコンセプトが笑いと共感を誘うなら、それは、的確な諷刺、社会批評といえるだろう。

一般に、ミステリ作家は、ヤクザを「型通り」にしか描かない傾向がある。この点は、残念ながら、警察による「反社会集団」なる断定的規定とあまり選ぶところがない。かつての任侠映画のように「理想化された」フィクションの極道者を描く作品は、ヤクザ実話などと同じく、完璧に別のジャンルに属する。

このように独自な領域を開拓した任侠シリーズであるが、これをミステリとして読めるのは、きっちりした叙述コードによる。三人称一視点。話はすべて、代貸日村の視点から語られる。彼には親分のハラのうちなど透視できないから、親分にただ従い、心労を重ね、ある場合には渡世の非情に右往左往する。ヤクザの道は獣道、右も左も真っ暗闇。彼の語りの視線には、上から、下から、水平（タメ）が入り混じっている。別組織の同じ中間的位置にいる代貸（若頭）を相手にすると、彼はひときわ勇猛になる。しかし、親分相手では凡人のままだ。真意をくみとるよりも、世話焼きの老妻めいた心配性のトリコになる。このコンビのバランスは、どこかホームズとワトソンにも似ている。「基本的なことだよ、ワトソン君」に相応する科白は、本書にもいくつか見つけられるだろう。

そして、作者は、三人称叙述によって、この主人公を注意深く突き放している。ワトソンはホームズを客観視するが、ワトソンも作者から距離を置かれている。日村もまた「笑い」の対象なのだ。こうした叙述の端正さは、作者がハードボイルド路線をとおして体得したものだろう。

この作品が初刊された二〇二〇年五月は、パンデミック元年の混乱と不安のただなかだった。映画館の多くは、一時的にせよ「閉鎖」され、映画はＤＶＤソフトやインターネット配信で観よう、という個別の巣ごもり状況が、他の選択肢もなく、いっそう進行してしまった。「映画は映画館の大画面で観よう」は、果たして時代遅れなのか――。解説者としては、読者が是非とも本作を再考の手がかりにされんことを願う次第。

そのため、余計なお世話と叱責を買いそうだが、本作品の架空映画化キャストを、戯れにつくってみたので、参考に供したい。ただし、各配役はすべて東映任俠映画最盛期（半世紀前）のイメージに沿う。大方は鬼籍に入っているので、若い世代には絶滅的データかもしれないが――。

監督はいうまでもなくマキノ雅弘。
阿岐本のオヤジ（若山富三郎）
永神のオジキ（成田三樹夫）
代貸日村（待田京介）
阿岐本組・健一（安岡力也）
阿岐本組・稔（ジョニー大倉）
阿岐本組・テツ（佐藤蛾次郎）

阿岐本組・真吉（沖雅也）
香苗（多岐川裕美）
マル暴・甘粕（川谷拓三）
マル暴係長（汐路章）
ファンクラブ会長（室田日出男）
三代目映画館主（三谷昇）
常務・犬塚（安部徹）
再開発会社・木島（天津敏）
タレント教授・梅中（金子信雄）
半グレ・武井（郷鍈治）
矢七寿司初代（石山健二郎）
同二代目（三上真一郎）
葉月庵大将（山本麟一）
同出前のバイト（たこ八郎）

（のざき・ろくすけ）

『任侠シネマ』二〇二〇年五月　中央公論新社刊

中公文庫

任侠《にんきょう》シネマ

2023年4月25日　初版発行

著者　今《こん》野《の》敏《びん》

発行者　安部順一

発行所　中央公論新社
〒100-8152　東京都千代田区大手町1-7-1
電話　販売 03-5299-1730　編集 03-5299-1890
URL https://www.chuko.co.jp/

DTP　ハンズ・ミケ
印刷　大日本印刷
製本　大日本印刷

©2023 Bin KONNO
Published by CHUOKORON-SHINSHA, INC.
Printed in Japan　ISBN978-4-12-207355-5 C1193

定価はカバーに表示してあります。落丁本・乱丁本はお手数ですが小社販売部宛お送り下さい。送料小社負担にてお取り替えいたします。

●本書の無断複製（コピー）は著作権法上での例外を除き禁じられています。また、代行業者等に依頼してスキャンやデジタル化を行うことは、たとえ個人や家庭内の利用を目的とする場合でも著作権法違反です。

各書目の下段の数字はISBNコードです。978－4－12が省略してあります。

中公文庫既刊より

こ-40-23
任侠書房 今野　敏
日村が代貸を務める阿岐本組は今時珍しく任侠道を弁えたヤクザ。その組長が、倒産寸前の出版社経営を引き受け……。『とせい』改題。「任侠」シリーズ第一弾。
206174-3

こ-40-19
任侠学園 今野　敏
「生徒はみな舎弟だ！」荒廃した私立高校を「任侠」で再建すべく、人情味あふれるヤクザたちが奔走する！「任侠」シリーズ第二弾。〈解説〉西上心太
205584-1

こ-40-22
任侠病院 今野　敏
今度の舞台は病院⁉　世のため人のため、阿岐本雄蔵率いる阿岐本組が、病院の再建に手を出した。大人気「任侠」シリーズ第三弾。〈解説〉関口苑生
206166-8

こ-40-38
任侠浴場 今野　敏
こんな時代に銭湯を立て直す⁉　頭を抱える日村に突然、阿岐本が「みんなで道後温泉に行こう」と言い出し……。「任侠」シリーズ第四弾！〈解説〉関口苑生
207029-5

こ-40-27
慎　治　新装版 今野　敏
同級生の執拗ないじめで、万引きを犯し、自殺まで思い詰める慎治。それを目撃した担当教師は彼を見知らぬ新しい世界に誘う。今、慎治の再生が始まる！
206404-1

こ-40-36
新装版　膠　着　スナマチ株式会社奮闘記 今野　敏
老舗の糊メーカーが社運をかけた新製品。それは――くっつかない糊⁉　新人営業マン丸橋啓太は商品化すべく知恵を振り絞る。サラリーマン応援小説。
206820-9

こ-40-37
武打星 今野　敏
一九七九年、香港。武打星（アクションスター）という夢があった――。ブルース・リーに憧れた青年が白熱の映画界に挑む、痛快カンフー・アクション。
206880-3